假面具

〔日〕江户川乱步　著

叶荣鼎　译

山东画报出版社

图书在版编目（CIP）数据

假面具 / （日）江户川乱步著；叶荣鼎译. --济南：山东
画报出版社，2022.3

（江户川乱步全集·明智小五郎系列）

ISBN 978-7-5474-3945-6

Ⅰ.①假… Ⅱ.①江… ②叶… Ⅲ.①儿童小说 - 侦探小说 -
日本 - 现代 Ⅳ.①I313.84

中国版本图书馆CIP数据核字（2021）第136275号

JIA MIANJU

假面具

〔日〕江户川乱步 著　叶荣鼎 译

责任编辑　怀志霄
封面设计　光合时代

出 版 人　李文波
主管单位　山东出版传媒股份有限公司
出版发行　山东画报出版社
　　　　　　社　　址　济南市市中区舜耕路517号　邮编 250003
　　　　　　电　　话　总编室（0531）82098472
　　　　　　　　　　　市场部（0531）82098479　82098476（传真）
　　　　　　网　　址　http://www.hbcbs.com.cn
　　　　　　电子信箱　hbcb@sdpress.com.cn
印　　刷　山东新华印务有限公司
规　　格　787毫米×1092毫米　1/32
　　　　　　7.25印张　102千字
版　　次　2022年3月第1版
印　　次　2022年3月第1次印刷
书　　号　ISBN 978-7-5474-3945-6
定　　价　38.00元

如有印装质量问题，请与出版社总编室联系更换。

译者序

红极一时的日本动漫《名侦探柯南》的作者漫画家青山刚昌，孩提时代曾是江户川乱步的超级追星族，他笔下的主人公江户川柯南的姓就取自日本推理文学鼻祖江户川乱步，名则取自英国的柯南·道尔。

日本作家历来都有用笔名的传统，江户川乱步本名平井太郎，早年就读于早稻田大学经济学专业，江户川就在早稻田大学旁边。巧合的是，"江户川"的日式英语发音"edogawa（爱多嘎娃）"，与"Edgar a–（埃德加·爱）"的发音极其相似；

"乱步"的日式英语发音"ranpo（兰波）"，与"llan Poe（伦·坡）"的发音又十分相近，故而决定以"江户川乱步"为笔名。从此，这个名字陪他度过了四十年推理文学创作生涯，也成为日本推理文学史上不可逾越的高峰。

1923年，乱步在《新青年》杂志上发表处女作《两分铜币》，引发轰动。当时的编者按这样写道："我们经常这样说，《新青年》杂志上总有一天将刊登本国作者创作的侦探小说，并且远远高于欧美侦探小说的创作水平。今天，我们终于盼来了这一兴奋时刻。《两分铜币》果然不负众望，博采外国作品之长，水平遥遥领先于外国名作。我们深信，广大读者看了这篇小说后一定会深以为然，拍案叫绝。作者是谁？是首位登上日本侦探文坛的江户川乱步。"

1925年，乱步发表小说《D坂杀人事件》，成功塑造了日本推理文学史上的第一位名侦探——明智小五郎。其后，他又陆续创作了《怪盗二十面相》《少年侦探团》等脍炙人口的作品，其中的"怪盗二十面相""少年侦探团"等角色已经突破了类型文学的束缚，成为世界文学史上的典型形象，先后多次被搬上各种舞台，改编成各种各样的影视、动漫作品。

第二次世界大战爆发后，江户川乱步因作品被禁止出版，投笔抗议，公开发表《作者的话》："我撰写的小说主要是把侦探、推理、探险、幻想和魔术结合在一起，让读者富有想象力和创造力。人类必须怀有伟大的梦想，经过不断的努力，才会创造出伟大的时代。没有梦想，没有幻想，就没有科学。历史已经证明，科学的进步多取决于天才的幻想和不懈努力。科学进步了，人民才会过上好日子。可是今天的战争，毁掉了科学，毁掉了人民的梦想，日本人民将会被一个不剩地当作炮灰，却还是避免不了失败的结局。"

1947年，日本侦探作家俱乐部成立，乱步被推举为主席。俱乐部在1963年改组为日本推理作家协会，至今仍是日本最权威的推理作家机构。1954年，乱步在六十大寿之际，个人出资100万日元，设立"江户川乱步奖"，用以激励年轻作家。在之后的半个多世纪里，以东野圭吾为代表的一大批优秀的日本推理文学作家通过这个奖项脱颖而出，他们的成绩也使得"江户川乱步奖"成为日本推理文坛最权威的大奖。

1961年，为表彰乱步在推理文学界的杰出贡献，日本政府为其颁发"紫绶褒勋章"（授予学术、艺术、运动领域中贡献卓著的人）。1965年，乱步突发脑出血去世，获赠正五位勋三等瑞宝章。为纪念乱步，名张市建有"江户川乱步纪念碑"与"江户川乱步纪念馆"，丰岛区设有"江户川乱步文学馆"，供日本与世界的爱好者与学者瞻仰和研究。

《江户川乱步全集》作为乱步作品之集大成者，先后出版了多个版本，加印数十次，总印数超过一亿册，迄今已有英、法、德、俄、中五大语种版本问世。衷心希望诸位读者能够通过这一版的中文译本，回望日本推理文学的滥觞，领略一代文学大家的风采。

是为序。

2021年元旦于上海虹桥东华美寓所

目　录

决　斗

　　初秋的一天，盐原温泉Ａ旅馆三楼的房间里，一个三十五六岁的中年绅士和一个二十四五岁的俊美青年隔着茶桌正襟危坐。两人一脸严肃，死死地盯着桌上的两个杯子。那是两个一模一样的玻璃杯，里面盛着不差分毫的八成满的透明液体。就连两个杯子摆放的位置都好像是经过精确测量的，在桌子两侧完全对称。

　　窗外，已经略显颓败的绿色一望可见。走廊直通温泉，汩汩的水声若隐若现，让人昏昏欲睡。

　　两人从夏末就一直住在这里。

中年绅士叫冈田道彦，又高又瘦，就连一张脸也显得很长，而且脸色灰白。

青年人叫三谷，机灵、聪明，俊美的容颜给人一种天真无邪的感觉。

"你选吧！"

冈田道彦声音嘶哑，一字一顿地说道。

三谷微微点头，脸上没有一点血色，嘴唇发干，呼吸急促。

"按照之前说好的，在你来之前，我已经在其中一杯酒里下了毒，足以致命。因为毒是我下的，我自然知道哪一杯是毒酒，也就无权再去挑选了。"

冈田道彦以极其缓慢的节奏解说着，看得出他虽然无需亲自做出这可怕的生死抉择，但同样紧张得不行。

三谷的额头上，大颗的冷汗不住地滚落，他已经伸出的右手在两个杯子前游移不定。

"快点儿！"冈田道彦同样承受着痛苦的煎熬，尖着声音催促道，"你怕了？想从我的脸上看出哪杯酒里有毒？这是懦夫的行为！"

三谷听他这么一说，下意识地看向冈田道彦，恰好看到了他脸色的微妙变化。但被他如此指责，青年俊美的脸庞愈发苍白了。

"请闭上眼睛吧。"他结结巴巴地说，"你那样盯着我的手，太残酷了。我害怕你那样的眼神，请闭上眼睛吧。"

冈田道彦默不作声地闭上了眼睛。

三谷没有退路了，他必须做出选择。

这是一场奇妙的决斗。如今这个时代，以刀枪相搏，取对方性命的决斗已经被绝对禁止了。真要那样决斗的话，获胜的一方也会被以杀人罪绳之以法。所以，两人想出了这样标新立异的法子。按照约定，两人喝完了酒，就要各自回到房间，静待命运的裁决。事前两人都已经写好了遗书，并互相检查过了。这样一来，即便被人发现死在了房间里，也会被认定是自杀。

两人为什么要这样以命相搏呢？那是因为他们都在这家旅馆里结识了一个美丽的女人，并疯狂地爱上了她。正是因为她，他们才会在这家旅馆里从夏末一直住到初秋。他们都认为那个叫畑柳静子的女人爱的是自己，当然应该只属于自己。但这只是因为畑柳静子对两人都表现出了相当的好感，却又迟迟不肯做出最终的选择。既然如此，那就只好由他们替她做出选择了。

三谷终于握住了右边的杯子。他双眼紧闭，不再给自己任何犹豫的机会，把那冷冰冰的容器送到唇边，已经毫无血色的俊美脸庞猛地一仰，一股分不清是冰冷还是火热的液体就灌进了喉咙。

死一般的沉寂。

不知过了多久，三谷好像听到了一种奇异的声音，混杂在窗外的风声、鸟鸣声和汩汩的温泉声中。

呼，呼……

那是沉重的呼吸声。是冈田道彦的呼吸声！

三谷猛地睁开了眼睛，只见对手正像妖怪一般双眼圆睁，几乎就要瞪出眼眶。本就灰白的长脸更加毫无人色，死死地盯着桌上的另一杯酒。肩膀不自然地剧烈起伏着。脸上大汗淋漓，简直就像是刚被人当头浇了一盆冷水。

三谷突然明白了，自己赢了！

冈田道彦摇摇晃晃地支起身子，随即又瘫软在了椅子上。他极力抑制自己的恐惧，但急促而沉重的呼吸听起来已经近乎于啜泣。但是，他，终于还是一把握住了酒杯。

他的手剧烈地颤抖着，一寸一寸地将酒杯挪向自己的嘴唇。明知那是杯足以致命的毒酒，但身为一个男人的尊严不容他退缩。

三谷还沉浸在刚才死里逃生的紧张感中，丝毫没有意识到自己的胜利对对方意味着什么。

"太残酷了……"

他不由得自言自语道。

这句无心之语彻底激怒了冈田道彦，他眼中原本的恐惧瞬间变成了愤怒，脸色骇然可怖，把心一横就要一口气把那杯毒酒灌下。

突然，只听"啊"的一声惊叫，然后是"啪"的一声玻璃杯在地板上摔碎的声音，等冈田道彦反应过来，手中的酒杯已经不见了。

"你干什么？"

冈田道彦被彻底激怒了。

"是我一时失手……"

这当然不是失手，他只是不忍看着对手在自己面前喝下毒酒。

"这次不算，再来一次，谁要你同情！"

冈田道彦朝三谷斜睨了一眼。

"卑鄙！"三谷一脸轻蔑，"再来一次？早知道你这样卑鄙无耻，我就不救下你了。我已经喝了一杯，无论如何，胜负已定。如果几个小时后我还没死，那自然就是我赢了；反之，就是你赢了。我看不出你还有什么必要喝下剩下的这杯。"

就在这时，隔扇后的隔壁房间传来一声轻响。

刚才实在是太紧张了，两人都没察觉到，有人从一开始就躲在隔扇后，关注着他们的一举一动。

隔扇被打开了，出现在两人面前的，正是畑柳静子。

畑柳静子的年龄与三谷相仿，也是二十四五岁。但她看起来是如此的美丽、天真，怎么看都像是不到二十岁的少女。

"哎呀，也许我不该来这里。"

畑柳静子什么都已经知道了，却还是如少女般歪着头，视线在两个为他决斗的男人脸上交替着。

两个男人都没有说话。

冈田道彦一想到刚才的一切都已经被畑柳静子知道了，更加无地自容。他猛地站起身来，大步穿过房间，等出了房门，才又转过头来，恶狠狠地说：

"畑柳寡妇，从今天起，我不会再跟你见面了！"

畑柳静子闻言脸色大变。

"唉，他都知道了啊……"

畑柳静子以微不可闻的声音喃喃自语道。

"刚才的事，你都知道了？"

三谷强自稳了稳心神，尴尬地问道。

"是的……不过，我不是故意的。恰好路过，听到了那样的事情，也就不能装作什么都不知道了……"

畑柳静子脸颊绯红。

"让你见笑了。"

"确实……有点过分了……"

她突然哽咽了起来，眼眶里一片晶莹。

就在这时，一阵急促的脚步声传来，门外又出现了冈田道彦那张因愤怒而扭曲的脸。

"啊，冈田君！"

畑柳静子喊道。

冈田道彦的右手一直揣在袍子里。三谷猛地站起身来，一把将畑柳静子拉到了自己背后。

"我这么快就食言回来了，知道为什么吗？"

冈田道彦的脸愈发扭曲了，还伴随着不受控制的抽搐。

三谷和畑柳静子根本不知道应该如何应对，一时间僵在了那里。

又过了一会儿，冈田道彦像是突然被抽空了所有生气，满脸凄惨。

"没用！太没用了！我真是个没用的男人！请记住，我今天……是第二次来这里……"

他两眼无神，有气无力地说完这几句话，就失魂落魄地转身离开了。

"你发现了吗？"三谷转过身，对着畑柳静子轻声道,"他一直揣在袍子里的右手握着匕首呢。"

"真的吗?"

"你不觉得冈田君很可怜吗?"

"卑鄙!他……如果不是你打掉他手里的杯子,他早已经死了。可是……"

畑柳静子对冈田的蔑视和对三谷的仰慕之情溢于言表。

时下还只是初秋,赏红叶的季节还早,旅馆里本就没有多少客人,他们为了不受人打扰地决斗,又特意挑选了最僻静的一个房间,所以之前的闹剧并没有其他人知道。

两人仿佛已经忘了刚才可怕的一幕,沉浸在旖旎的浪漫之中,依偎在一起欣赏着窗外的景色。

死 尸

冈田道彦离开后，不知不觉间过了半个月。

这天，旅馆住进了一个奇怪的客人。

枫叶已经开始红了起来，盐原到了一年中最好的时节，但大概是下了一整天小雨的缘故，这天的客人竟出奇的少。直到傍晚时分，才终于有一辆出租车停在了A旅馆门前。

被司机搀扶着下来的是一位看起来足有六十多岁的老人，步履蹒跚，似乎身体不怎么好。

"请尽量给我安排一间周围没有住客的安静的房间。"

老人说话的声音很奇怪，含混不清。而且他的腿脚显然不怎么好，即便进了旅馆，也始终紧紧地握着手杖。

这实在是位过于怪异的客人。但是，老人一身穿戴却都是地地道道的上等货，因而旅馆里上上下下都不敢小瞧他，对他恭敬有加。

女招待将他带到房间后，不等安顿好，老人就迫不及待地打听：

"请问，有个叫畑柳静子的漂亮女人住在这里吗？"

"是的，她还住在这里。"

"她住哪个房间？还跟那个叫三谷的男人在一起吗？"

女招待虽然觉得奇怪，但还是如实回答了老人的问题。得到想要的答案后，老人掏出一张大钞塞给女招待，并嘱咐道：

"刚才我问你的这些事情，不要对别人提起。这是保密费。"

老人吃过晚饭，来撤下餐具的女招待在走廊上遇到了另一个女招待，两人立即躲到无人的角落里窃窃私语起来。

"你说那位客人有多大年纪？"

"嗯……怎么也得六十多岁了吧？"

"不对，我看他应该没那么大，应该比看起来要年轻得多。"

"可是，他的头发不是都已经白了吗？"

"所以啊，就更奇怪了！那白头发是真的吗？而且啊，他一直戴着那副大墨镜，就算在房间里也戴着口罩，整张脸都遮了起来。"

"而且……是假肢吧？"

"是啊，是啊。左手和右腿都是，连吃饭都不方便。"

"他吃饭的时候总不能还戴着口罩吧？"

"那是自然。不过还不如戴着。可把我吓坏了！"

"什么？怎么回事？"

"什么也没有，鲜红的牙龈和白花花的牙齿就那么露在外面，那个人啊，没有嘴唇！"

"啊，什么？太可怕了！"

"而且他的鼻子也残缺不全，眉毛和眼睫毛一根都没有。"

"这到底是怎么回事？"

"据他自己说，前些年的大地震中，他失去了左手和右脚，整张脸也被烧成了重伤。能够死里逃生，已经算是奇迹了。他对此还颇引以为豪呢。"

老人——在旅馆登记的名字是蛭田岭藏——不但相貌可怖，行动也十分诡秘。

女招待请他去洗澡的时候，他推说自己感冒了，就不洗了。可女招待前脚刚走，他就去了温泉，手杖和假腿在地板上咚咚作响。

温泉在谷底，要走过一道长长的台阶，但老人竟然走得出奇的稳当，身形十分矫健。

台阶下就是依山势而建的温泉浴室，鹿谷川从中流过，氤氲的水雾使得原本就十分昏暗的石制建筑里愈发看不清楚。

老人并没有进去，而是绕到院子里，趴在玻璃窗上向里窥探。

偌大的浴室里只有两个人影，正是三谷和畑柳静子。这对热恋中的男女完全沉浸在二人世界中，丝毫没有察觉到窗外的老人。

"已经过去了，就不要放在心上了。"

两人恰好在谈论那天的决斗。三谷悠然地泡在温泉里，安慰自己的情人。

"可我总觉得他还在周围徘徊。"

畑柳静子靠在一块岩石上。突然，她捂住了自己的嘴巴，一动也不能动了。

三谷觉察到了她的异样，回头问道：

"怎么了，静子？"

"我……窗外有个黑影，正在向里窥视。"

畑柳静子的声音都变了，一双眼睛瞪得溜圆。

三谷大吃一惊，但马上强自镇定下来。

"窗外什么都没有啊，你不会……"

三谷突然也愣在了那里，与此同时，畑柳静子发出了凄厉的尖叫，那叫声在浴室里回荡，让人不寒而栗。

他们都看到了，朝向鹿谷川的窗外，一个从没见过的怪物正趴在那里，直勾勾地盯着他们。

那怪物一头浓密的白发倒竖，硕大的墨镜遮住了半张脸。墨镜下没有鼻子，露在外面的半张脸都是鲜红的牙龈和白森森的牙齿。

畑柳静子紧紧搂住三谷，抖个不停。

"别怕，一定是眼花了，我过去看看。"三谷说着跑到窗前，一把推开了窗户，"你看，什么也没有。大概是我们这些天太紧张了。"

畑柳静子战战兢兢地躲在三谷身后向外看去。

鹿谷川的河水在夜色下越发显得深沉，而且下了一天的雨，河水更是上涨了不少。

"啊！"

畑柳静子又发出了一声惊叫。

"啊！"

这回就连三谷也不由得跟着一起叫了出来。

"别怕！我过去看看，说不定人还没死。你就在这里等着。"

他在更衣室胡乱穿上衣服，绕到走廊跑了过去。畑柳静子不敢一个人留下，于是也穿上衣服跟了出去。

"唉，没救了。恐怕已经好多天了。"

漂浮在水里的尸体已经肿胀不堪。因为脸朝下，看不清楚长相，但看衣服像是附近温泉旅馆的游客。

"这衣服……"

畑柳静子脱口而出。

"难道是……"

三谷也发现了，但又不敢妄下结论。于是，他用脚使劲将尸体翻了过来。

出乎意料的，没费什么劲尸体就翻了过来。只看了一眼，畑柳静子就被吓得几乎瘫软在地，三谷也大惊失色。尸体的脸不但泡得肿胀不堪，而且也许是顺流而下的时候在岩石上撞的，已经烂得一塌糊涂，连五官都分不清了。

两人连忙去叫旅馆的人。随后当然是报警，然后引起一阵不小的骚乱，甚至波及了整个盐原。

虽然面部严重损伤，但根据衣着及随身所带物品，基本可以断定死者就是冈田道彦。警方判定为自杀，死于十多天前。也就是说，他在离开旅馆的当天就投水自杀了。由于下雨，鹿谷川河水上涨，才把他的尸体冲到了这里。

警方无法判定冈田自杀的原因。这个世界上，知道真相的恐怕就只有三谷和畑柳静子两个人了。

第二天，两人就离开了这个不祥之地，乘火车回到了东京。他们不知道的是，就在他们乘坐的那列火车上，还有一个怪异的老人。他把衣领高高竖起，帽檐压得很低，还戴着大墨镜和口罩。他就是那个没有嘴唇的怪人，蛭田岭藏。

绑　架

回到东京后，三谷和畑柳静子经常约会，两人的感情迅速升温。但畑柳静子似乎有什么难言之隐，始终对自己的过往含糊其辞。终于有一天，三谷提出了心中的疑问：

"静子，都告诉我吧，他叫你畑柳寡妇，到底是怎么回事？"

"是啊，我怎么会这么胆小。一定是怕你嫌弃我吧。"

畑柳静子强颜欢笑，但声音里已经有了哭腔。

"不管你曾经经历过什么，我都不会变心的。"

三谷信誓旦旦。

"唉，好吧。"畑柳静子叹了口气，沉默半晌，再开口时已是一副悻悻然的表情："我是个寡妇。"

"这我就早料到了。"

"我丈夫生前是个大富翁！"

"……"

"我还有一个六岁的儿子。"

"……"

"你看，不高兴了吧？"

三谷不知道该说些什么。

"我都告诉你了……现在，不如去我家吧，看看我的儿子。怎么样，不错吧？"

畑柳静子越说越激动，就连涨得通红的脸上流下了泪水都没有意识到。说完，不等三谷回答，就拉着他拦下了一辆出租车。

三十分钟后，出租车停在了一处大宅子门前。花岗岩门柱间是高高的台阶，透花铁门后有阔大的花园。门柱的铭牌上写着"畑柳"两个字。

畑柳静子带着三谷来到陈设异常奢华的西式客

厅，让他坐在一张舒适的扶手椅上，自己则带着一个可爱的少年坐在三谷对面的长沙发上。少年名叫茂，是静子与已故丈夫畑柳庄藏的儿子。

沙发后面的墙上，挂着一个巨大的相框，里面是畑柳一家的全家福。照片里的家主畑柳庄藏看起来四十岁上下，相貌丑陋，甚至有些猥琐。

"这照片和阿茂，对你来说一定都很刺眼吧？"

"没有，没那回事。这么可爱的小男孩，怎么会刺眼呢？阿茂跟你简直一模一样。阿茂一定也很喜欢叔叔吧？"

三谷说着拉起阿茂的手，孩子对他笑了笑。

畑柳静子抚摸着阿茂的头发，说起了她的过往。

"我很小的时候父母就都去世了，一直寄宿在亲戚家里。或许是因为这个原因，我对金钱和金钱所能换来的名誉有着异乎寻常的执念。

"十八岁那年，大富豪畑柳庄藏向我求婚，我被他的巨额财富迷住了心窍，尽管当时已经有了正在交往的男友，但还是马上与他断绝了关系，嫁入了畑柳家。

"畑柳庄藏比我大十几岁，不仅长得难看，心里更是肮脏龌龊。他总是千方百计地钻法律的空子赚黑心钱。但是，我不在乎他用什么办法，只要他把大笔大笔的钱拿回家，我就会欣喜若狂。

"终于有一天，他的罪行败露了，被警方逮捕入狱。我和阿茂在一年多的时间里作为罪人的妻儿屈辱地活着。后来，他在狱中暴病身亡。

"畑柳庄藏留下了一大笔遗产，而且他没有什么可以来索逼财产的亲戚。但为了这笔遗产，前来向我求婚的人络绎不绝。我不堪其扰，把阿茂托付给奶妈，独自去了盐原。然后就遇到了你。

"你一定认为我是个贪财薄情的坏女人吧？"

畑柳静子结束了长长的自白，微微泛红的脸上浮现出一抹自暴自弃的笑。

"你之前的那个男友是个什么样的人？你一定还记得他吧？"

三谷没头没脑地问了这么一句，让人捉摸不透。

"我上了他的当。他对我花言巧语，口口声声说要让我幸福，可我一点也不幸福。他不光穷，还有让人无法忍受的坏脾气……"

"那么，他现在怎么样了？住在哪里？你一点也不知道？"

"嗯，那是八年前的事了。再说我当时只有十八岁，还不太懂事。"

三谷没有说话，默默地站起身来走到窗前。

"这么说，你已经一点也想不起那个穷男友了？"

他望着窗外，语气冷淡。

"什么？"畑柳静子吃了一惊，"你为什么要问这些？我是怀着极其痛苦的心情，下了很大决心，才把这些说给你听，可你……"

"我明白你的心情，但我害怕你的财富。因为我跟你之前的男友一样，也很穷。"

原来他是担心这个。畑柳静子心里的一块大石头终于落了地。如今的她再也不必为钱发愁了，自然也就没有了当初的那种执念。三谷有没有钱，她压根儿没想过。

她起身走到三谷身旁，和他并肩看向窗外。

阿茂已经溜了出去，正在草坪上和体型足有他两倍大的爱犬西古玛玩耍。

就在这时，院外传来了笛子声和鼓声。

西古玛不安地晃动着耳朵，阿茂也竖起耳朵仔细听着。

乐声在门前停了下来，原来是化装广告人。

阿茂欢叫着朝院外跑去，西古玛也跟在小主人身后跑了起来。

门外，打扮得稀奇古怪的化装广告人正在卖力地为一家点心铺吆喝，也许是因为戴着巨大的人偶面具，他的声音听起来瓮声瓮气的，鼻音特别重。

尽管如此，他的打扮如此怪异，又配合着某种旋律夸张地扭动着腰肢，阿茂很快就完全被他吸引住了。

"来，小朋友，这块点心给你。吃吧，吃吧。很好吃的。"

化装广告人一边摇晃着滑稽的人偶面具，一边拿出了一块点心递给阿茂。

"啊，真像是圣诞老人！"

阿茂开心极了，虽然根本不饿，但还是接过点心塞进了嘴里。

"怎么样，好吃吧？现在，叔叔敲鼓吹笛子，给你唱一首好听的歌。"

说着，化装广告人手舞足蹈地跳起了舞来。他一边跳，一边慢慢地离开了畑柳家门前。

阿茂看得入了迷，梦游似的跟在化装广告人身后摇摇晃晃地走远了。

化装广告人一会儿唱歌，一会儿跳舞，一会儿又令人眼花缭乱地转来转去，跟在他身后的是阿茂和小牛犊似的西古玛。两人一狗就像一支不可思议的广告队伍，在冷清的住宅区里行进。

客厅里的畑柳静子对此一无所知。化装广告人的喧闹渐行渐远，终于什么都听不到了，但阿茂却没有回来。等发现阿茂不见了，畑柳静子立刻喊来用人，吩咐他们分头去找。可是，别说阿茂了，就连西古玛也不见了。

畑柳静子顿时慌了神，和三谷以及用人们找遍了周围的所有角落，却连个影子都没看见。

在众人的慌乱和焦虑不安中，暮色越来越浓

了。畑柳静子愈发焦急，却又不知所措。就在这时候，一个用人慌慌张张地跑了进来。

"阿茂一定是被人绑架了！西古玛回来了，但已经遍体鳞伤，恐怕是为了保护阿茂跟人进行了激烈的搏斗。"

众人看向门外，只见西古玛浑身是血，凄惨地呜咽着，侧躺在地上喘着粗气，舌头有气无力地耷拉着，身上有好几处深可见骨的伤口。

畑柳静子看着西古玛，仿佛看到了浑身是血的阿茂，只觉得天旋地转，险些就要昏倒。

凑巧管家斋藤老人不在，于是三谷打电话报了警。

他刚放下电话，刺耳的电话铃声又响了起来。

三谷拿起话筒，只应对了两三句，便愣在了那里。

"怎么回事？谁打来的电话？"

畑柳静子不安地问道。

三谷慌忙捂住话筒转过脸来，却又犹豫不决，似乎很难开口。

“到底怎么回事，你快说啊！”

畑柳静子催促道。

“这声音……像是……像是阿茂。”

“什么？你说什么？阿茂？他还不会打电话呢。这……快，让我来接，阿茂的声音我一听就知道的。”

畑柳静子从三谷手中抢过话筒。

“喂，喂，是阿茂吗？我是妈妈，你在哪里啊？”

“妈妈，我不知道……有个叔叔……脸很可怕……不让我说……”

听筒里突然没了声音，可能是那人捂住了阿茂的嘴。

“阿茂，阿茂！你怎么了？快说话啊！”

畑柳静子着急地叫道。

不一会儿，电话里又传来了阿茂的声音。

“妈妈，把我赎回去。后天……晚上十二点，我在……上野公园……图书馆后等你。”

“什么？阿茂，你身边有坏人吧？是那人叫你这么说的吧？阿茂，你只要说一句就行了，告诉妈妈，你现在在什么地方，你在哪里？"

　　但是，阿茂对她的话置若罔闻，又自顾自地说了起来。

　　"妈妈，你带两百万……到那里……接我回家……两百万……妈妈，你只能自己去。"

　　"知道了，阿茂，放心吧，我一定去救你。"

　　"如果报警，就杀了你的孩子！"

　　还是阿茂的声音，可"你的孩子"，指的不正是阿茂自己吗？

　　"快……回答，不回答……就让你的孩子吃点苦头。"

　　阿茂再也忍不住了，"哇"的一声哭了起来。

失　踪

"阿茂，别哭！妈妈都照办。钱不是问题。告诉那人，我都知道了。不过，一定要按照约定放阿茂回家。"

畑柳静子几近疯癫，死死地攥着话筒拼命地叫嚷着。

于是，话筒里又传来了阿茂毫无生气、断断续续的声音：

"一定……你……说的……如果不照做……就杀了这孩子！"

话音刚落，电话就被挂断了。畑柳静子顿时

哭倒在了电话旁。三谷和用人们围在一旁徒劳地安慰着。

就在这时，附近警署的一名警部带着一名警官赶来了。

听完大家的介绍，警部冷静地开始了分析：

"这种犯罪手法也算不上什么稀奇。没什么，不用准备钱，弄些报纸糊弄一下就可以了。到时候先去把孩子换回来，剩下的事情交给我们警方处理。为了不打草惊蛇，你要一个人去跟对方见面。放心吧，我们之前就用这样的方法解决过类似的案子。"

"可是，如果对方当场查验，那……会不会让孩子有危险？"

三谷不安地问道。

"有我们在。我们会在现场事先埋伏几名警察，万一孩子有危险，他们就会一拥而上，将凶手制服。况且，对于凶手来说，孩子是他最大的底牌，不到万不得已，他是不会对孩子下手的。绑架勒索这种手法早已过时了，还在玩这种把戏的家伙也聪明不到哪儿去。"

最后商定，当夜先在现场埋伏七八名警官，畑柳静子按照约定，独自一人去把阿茂带回来。三谷还是放心不下，提出了一个十分奇妙的方案：

　　"静子，把你的衣服借给我，再准备一顶假发，由我化装成你的样子去跟凶手见面。上野公园图书馆后面那地方我知道，是片树林，又是晚上，不会被识破的。不管发生什么情况，我都一定会把阿茂带回来的。你一个人去，我总觉得不安全。"

　　虽然也有人表示反对，但三谷的提议还是被采纳了。

　　当天晚上，三谷戴上假发，换上畑柳静子的衣服，又十分细致地化了妆，乍一看还真是真假难辨。他对自己的计划很有信心，精神振奋。

　　"我一定把阿茂带回来，你就放心在家等着吧！"

　　出发前，三谷信心十足地安慰畑柳静子。

　　三谷在山脚下了车，穿过空无一人的公园，来到了图书馆后面的昏暗之处，恰好是约定的十二点。明明就在市区，却让人觉得仿佛置身深山老林，虽然知道警官们就埋伏在周围，却丝毫没有任何动静，原本信心满满的三谷也不由得心里发虚。他警惕地四下打量，站在黑暗中等待凶手出现。

不一会儿，黑暗中传来了脚踩在草地上的声音，只见一大一小两个模糊的人影朝这边走了过来。

"是阿茂的妈妈吧？"

黑影问道。

"嗯。"

三谷尽量模仿女人的声音答道。

"说好的东西带来了吗？"

"嗯。"

"那就拿来吧。"

"这可不行，先把人放了。喂，阿茂，快过来！"

此时，三谷的眼睛已经逐渐适应了黑暗，可以隐约看清来人了。那人穿着日式的无领外套和细筒裤，用一块黑布遮住了脸，只露出两只眼睛。他身边的那个孩子，看身上的衣服，正是阿茂。

大概是之前遭受了非人的折磨，阿茂看到妈妈也不敢出声，两只手死死地拽着那人的袖子，缩成了一团。

"看，钱我已经带来了。"

三谷说着，拿出了包着报纸的纸包。

那人一把抢过纸包，连看也不看，扔下阿茂转身就跑。

"阿茂，我是叔叔，是来替妈妈接你回去的。"

三谷把孩子拉到身边。

就在这时，不远处的黑暗中传来了呼喝声和搏斗的声音，随后一声闷响，有人倒地了。

"抓住了！"

埋伏在树林里的警官们没费什么劲儿就抓住了凶手。这真是一次成功的行动。

警官们给那家伙戴上手铐，拉着他往树林外的路灯下走去。三谷也带着孩子赶过去跟大家会合。

走出树林的时候，三谷看了那孩子一眼，不由得大叫起来：

"啊，这孩子……"

这哪是什么阿茂，虽然穿着阿茂的衣服，但满脸污垢，分明是个小乞丐。

好在凶手已经落网了，只要严加审问，一定能很快救出阿茂的。

可是，那边好像也出了问题。

"什么？绑架？我可不知道。有人给我钱，让我带孩子过来，别的我什么都不知道。"

那人被扯下蒙面的黑布后，连连求饶。

"是你？……我认识这家伙。他是在这一带流浪的乞丐，晚上就睡在公园里。那边那个孩子一定就是这家伙的。"

一名警官证实了他的身份。

"这么说，那人是让你来拿到钱后再去交给他喽？快说，你们约好在什么地方见面？"

"不不不，压根儿没说钱的事。只是说有个女人会拿一包东西来，拿到那包东西后，随便找什么地方扔了就行了。"

"什么？难道那家伙已经算准了我们不会准备赎金？"

警官们一时间都不知道该怎么办好了。

"那人长什么样？你总该见过吧。"

"这……我可说不上来。他戴着一副大墨镜，还戴了口罩，衣服的领子也竖得很高……"

"那人是不是穿着大衣？"

"对对对，崭新的，一看就是高档货。"

"多大年纪？"

"说不准，大概六十来岁吧……"

警官们把这对乞丐父子带回了警署，但进一步的审讯也没能问出任何有价值的线索。

三谷原以为万无一失，却被人耍得团团转，只好垂头丧气地回到了畑柳家。

不料，还有更大的打击在等着他。

"夫人刚才接到您的信就出门了……"

用人一见三谷回来就告诉他。

"信？什么信？我没写过什么信啊！信在哪里？快给我看看！"

三谷立即意识到了大事不妙。

"喏，就是这封信。"

三谷接过信，只见上面惟妙惟肖地模仿他的笔迹写着：

静子，立即坐这辆车来。阿茂受伤了，我刚把他送到医院。快来！

三谷于上野北川医院

"不好！"

三谷看完信，立即跌跌撞撞地冲向电话，拨通了警署的号码。

地 牢

　　畑柳静子现在又在哪里呢?

　　看到那封信后,由于爱子心切,她来不及多想,就上了停在门前的车。一路上,她只觉得昏昏沉沉,根本没有在意汽车行驶的路线。等她终于回过神来,才发现车已经停在了一处非常偏僻冷清的地方。视线所及之处当然不可能有什么医院。

　　"司机,我要去北川医院,你弄错了吧?"

　　"没弄错,你的宝贝儿子就在这房子里。"

　　司机说着,半扶半拽地把她拖下了车,带进了路边的一栋房子里。

穿过漆黑的玄关，经过两三个没有灯光的房间，竟是一道向下延伸的楼梯。楼梯的尽头是一个阴暗潮湿的小房间。

房间里只有一盏油灯，四周是光秃秃的水泥墙，地上的草席原本应该是红色的，但早已经褪了色，呈现出一种肮脏的深褐色。

这好像是一间地牢。

"阿茂呢？我的孩子在哪里？"

尽管已经知道自己上当了，但畑柳静子还是不死心。

"马上就让你们见面。安静地等着吧。"

司机满是嘲弄地扔下这么一句，转身离开了。随后就听到了门外上锁的声音。

"你们把我关在这里干什么？"

畑柳静子惊叫着冲到门前，但门外已经没有了任何声响。房门很结实，无论她怎么又推又拉，一丝晃动都没有。

畑柳静子瘫坐在冷冰冰的地上，精神有些恍惚。夜间的寒意袭来，终于让她稍稍清醒了过来，开始审视自己的处境。

周围死一般的寂静，她害怕极了，全身不由得瑟瑟发抖。

突然，她好像听到了若隐若现的小孩的哭声。那孩子好像在挨打。她连忙竖起耳朵，没错，是孩子的哭声，从头顶上传来，断断续续的。那声音……

"阿茂，是阿茂吗？是妈妈，妈妈来了！"

她摇摇晃晃地站起身来，冲着房顶大喊道。

也许是孩子听到了妈妈的喊声，哭声停了。可没过一会儿，哭声更响了，仿佛在"妈妈，妈妈"地大声哭喊着。

哭喊声中夹杂着"啪啪"的声响。啊！可怜的孩子正遭受鞭打！

与此同时，畑柳静子注意到了房门上的异常。她不由得瞪大了眼睛盯着那里。

煤油灯微弱的灯光洒在房门上，映照出那上面渐渐出现的一个漆黑的小孔。有人在窥视！

"让我见见阿茂吧。不要再打他了。要我怎么样都可以。"

畑柳静子对着门外哭喊道。

"真的怎么样都可以吗？"

也许是隔着房门的缘故，声音很含糊，听不太清楚。尽管如此，那人话语中的阴寒之意还是让畑柳静子不寒而栗，好一会儿说不出话来。

"你既然都那样说了，也不是不能让你见孩子。不过，你说话算数吧？怎么样都可以？"

话音未落，房门打开了，门缝处探出一张脸来。

畑柳静子只看了一眼就魂飞魄散，惊叫一声倒在了地上。

那是在盐原温泉曾经见过的那张恐怖的脸。满脸伤疤，鼻子残缺，没有嘴唇……当时一度以为是幻觉，可现在，他又出现了。

趴在地上的畑柳静子突然感到后颈处凉风阵阵，那家伙好像已经进来了。她不敢抬头去看，只能听着沉重的脚步声一步一步地靠近。她不住地颤抖，别说逃跑了，就连站起来的力气都没有了。

"你刚才的话是不是真的，我们这就来试一试吧。"

说着，那家伙伸手抚上了她的脸颊。

"你到底是什么人？为什么要这样对我们？"

畑柳静子惊恐地尖叫。

不知什么时候，煤油灯灭了，房间里一片漆黑。

那人没有回答。

黑暗里，一道更黑的黑影慢慢蠕动着，令人作呕的气息越来越近。

"你想干什么？"

畑柳静子猛地站起身来。

"想逃跑？你出不去的。求救？这可是在地下，你喊吧，喊破喉咙也不会有人听到的。"

含混不清的声音进一步逼近。

畑柳静子拼命躲闪，不知被什么东西绊了一下，摔倒在了地上。那怪物就趁这机会朝她扑了过去。

"救命！救命！"

畑柳静子声嘶力竭地呼喊。

"你不想见阿茂了？想的话就给我放老实点！"

她能感觉到，那张恐怖的脸已经贴了上来，呼出的腥臭的气息一阵阵拍打在她的脸上。

尽管如此，她还是没有停止反抗，竭尽全力想要推开对方。挣扎中，她意外地一口咬住了那家伙的手指。意识到这一点之后，她狠狠地咬了下去。

怪物一声惨叫。

"混蛋！放开……放开！你再不放我就……"

这时，天花板上又传来了阿茂的哭喊声，夹杂着皮鞭抽打的声音。

"打！给我狠狠地打！打死这个小兔崽子！"

怪物发出了恶毒的诅咒。

"明白了吧？只要你反抗，我就让人打那个小兔崽子。你反抗得越激烈，就打得越狠！"

畑柳静子不得不松开了嘴，瘫软在地上，无助地抽泣起来。

"嘿嘿嘿……看来你想明白了。早知如此，何必费这么大劲儿呢。"

怪物一副胜利者的姿态。

这时，天花板上的哭声也不可思议地停了。看来这家伙跟上面的同伙有某种联系的方法，可以随心所欲地指挥上面的同伙折磨阿茂。

"嘿嘿嘿……反正是要那样的，反抗也是没用的。"

那家伙又压了上来。

突然，畑柳静子脑海中闪过一个念头，这气息，还有这声音，她似乎有模糊的记忆。

"这是我熟悉的家伙，至少绝不是陌生人。"

这个想法让她越发害怕起来，她觉得自己马上就要窒息了。

是谁呢？眼看就要想起来了。

就在这时，她突然觉得自己整个身体都被黑暗吞噬了。

访　客

　　第二天，畑柳家来了一位奇怪的客人。那人看起来大约三十五岁上下，自称小川正一，说是关于这次的事件有重要的线索。

　　斋藤管家正不知如何是好，既然这人说有重要线索，倒不妨听听他怎么说，于是把他让进了客厅。

　　但这位不速之客一落座便开始滔滔不绝地东拉西扯，却绝口不提线索的事。正在老管家越来越不耐烦的时候，电话响了，他连忙起身去接电话。没想到等他挂上电话回来的时候，那人已经不见了踪影。

老管家问其他用人，都说没见到客人离开，特别是他的皮鞋还在玄关，他总不可能光着脚离开吧？

接二连三的变故已经让老管家成了惊弓之鸟，赶紧喊来大家分头寻找。

"奇怪，二楼书房的门怎么打不开了。"

在二楼寻找的用人喊道。

这间书房是畑柳庄藏生前使用的，一直都不锁门的。钥匙就放在里面书桌的抽屉里。

一定是有人进了书房，从里面把门锁上了！

老管家想要凑到钥匙孔上窥视，却什么都看不见，钥匙还在里面插着呢，把钥匙孔堵了个严严实实。

"快，到院子里去，架梯子，从窗户看看里面的情况。"

老管家吩咐道。一名用人连忙跑了出去。

不一会儿，梯子搬来了，架在二楼窗前，那个用人爬了上去，隔着窗玻璃朝里看去。此时已是黄昏时分，房间里昏昏沉沉的，什么也看不清楚。

"把窗子打开。"

老管家在梯子下面喊道。

"窗子里面应该是上了插销的……"

用人说着推了推窗户。没想到，窗户竟然一下就开了。

用人立即翻窗爬了进去。书房里随即传出"啊"的一声惊叫。

"怎么了？"

房间里没有回答。

又过了一会儿，用人那张惨白的脸探出了窗口。

"血！血！有血！"

"怎么，你受伤了？"

"不是我，有人……有人死了，倒在地上，浑身是血……"

"什么？不会是刚才的客人吧？快，快开灯！"

老管家说着也爬上了梯子，另一名用人紧随其后。

畑柳庄藏生前酷爱古董，书房里摆满了他的收藏。他死后，所有的东西都原封未动。现在，一尊叉开双腿、浑身黝黑的不知什么菩萨的脚下，躺着一个血迹斑斑的男人，正是自称小川正一的客人。

"奇怪！凶手从哪儿进来，又是从什么地方逃走的？"

在场的所有人都回答不了这个问题。

房门从里面锁上了，虽然窗户没上插销，但即便凶手杀人后从那里逃走了，也很难想象他能徒手从外面爬进来。

更让人百思不得其解的是，这个叫小川正一的客人为什么连个招呼都不打就溜进了二楼的书房，还从里面锁上了门。他到底在里面干了什么？

斋藤管家立即打电话报警，详细说明了情况。又让用人把梯子搬走，关好窗户插上插销，最后从外面把书房门锁上了。也就是说，这间书房成了彻彻底底的密室。

三十分钟后，中村警部亲自带队赶来了。经过简单的讯问，众人在斋藤管家的带领下朝二楼书房走去。

"房间里的一切都保持原样，我已经把门窗都锁好了。"

老管家说着打开了门。

众人想象着血腥的场面打开了灯，书房里顿时亮如白昼，所有的角落都一览无余，但是……

"是不是搞错房间了？"

最先进去的警官满脸讶异地看向老管家。

"什么？"

斋藤管家也大吃一惊。

刚才的尸体不翼而飞了。

老管家连忙又亲自检查了一遍窗户的插销，都插着，没有问题。可是尸体……怎么会凭空消失了？

"当时，除了我，还有其他用人，我们都看到了，尸体就在那里，血迹斑斑的，怎么会……"

斋藤管家指着那尊佛像的位置解释道。

中村警部走上前去，蹲下身子仔细检查。

"确实，这里还有血迹。"

他说着指了指脚下的地毯。这地毯本就是深色的，所以乍看之下才没有发现那血迹。

警官们立即在房间里展开搜索，可什么线索都没有发现。

　　"把用人全集中到这里来，说不定有人看到过什么。"

　　根据中村警部的命令，用人们被集中到了楼下的客厅里。除了奶妈，还有两名用人、两个寄宿生。

　　"阿菊呢？"

　　"哦，去看西古玛了。"

　　西古玛自从前天受伤以来，一直在院子里的犬舍里养伤。

　　"快，去把她叫来。"

　　斋藤管家吩咐道，一名用人应声跑了出去。

　　不一会儿，那用人面无血色地大叫着跑了回来。

　　"不好了！阿菊死了！"

　　客厅里顿时一阵大乱，警官们立刻冲了出去。

　　惨白的月光下，一个女人赫然倒在了距离犬舍不远的草坪上。

追　踪

“没关系，身上没受什么伤，只是昏过去了。”

听了中村警部的话，大家都松了一口气。

经过简单的抢救，阿菊醒了过来。她迷茫地看了看四周，脸上的惊恐仍未褪去。

“啊，那里，就在那边的树丛里。”

她惶恐地伸出了颤抖的手指。

“什么？那里有什么？”

“是……那个……啊，我怕……”

“没什么可怕的。我们有这么多人。快说吧。”

阿菊又鼓了鼓勇气，终于战战兢兢地开口了：

"我听到西古玛叫个不停，还以为是伤口又疼了，所以连忙赶到犬舍查看。没想到它正死死地盯着那边树丛狂吠，一定是发现了什么，要不是有铁链拴着，肯定就要扑过去了。我看向那里，就看到……就看到……"

"看到什么？"

"就看到一个怪物！"

"怪物？什么怪物？"

"应该是个人，但是那张脸就像是骷髅一样。没有鼻子，也没有嘴唇，白森森的牙齿就那么露在外面……"

"哈哈哈……你不是在做梦吧？是不是因为太紧张了，所以产生了幻觉？这世上怎么会有那种人！"

警官们的笑声未止，西古玛又冲着树林狂吠起来。

"你们看，西古玛又在叫了，那家伙一定还在那里。"

阿菊紧紧地抱住了中村警部。

"去看看！"

中村警部命令道。

一名警官刚要过去，就听有人大叫：

"在那里！在围墙上！"

大家一起看向围墙上。果然，一个怪物蹲在围墙上，正一动不动地盯着这边。月光下，那张脸果然就像阿菊说的一样。

不管这家伙是不是凶手，在命案发生的现场突然冒出这么一个可疑的家伙，无论如何都不能放跑他。

"喂！站住！"

警官们高喊着扑了过去。但那家伙身形更快，一个翻身下了围墙，临走前还不忘挑衅地勾了勾手指。

警官们有的翻墙，有的绕道大门，争先恐后地追赶怪物去了。

围墙外，借着月光，可以清楚地看到那家伙头戴黑色便帽，身穿一件黑色短大衣，在空无一人的街道上狂奔。

让追赶的警官们大吃一惊的是，那家伙竟然径直朝着热闹的大街跑去了。

转过一处街角，一辆汽车等在那里，怪物刚上车，司机就把油门踩到了底，转眼间就消失在了夜色中。

这是恰好一辆出租车驶过，一名警官立即将它拦了下来，跳上车对司机大喊道：

"快！快追上前面那辆车！"

于是深夜的街头上演了一场追车大戏。两辆汽车一前一后地在街道上飞驰。

遗憾的是，出租车怎么也追不上前面的车，只能远远地跟在后面。从神宫外苑穿过青山墓地，又行驶了一会儿，前面那辆车驶入了一条僻静的街道。车停了下来，一道黑影从车上下来，窜进了旁边的一条小巷。巷子两侧都是连绵不断的围墙，足有三米高。

"奇怪！那家伙藏到哪里去了？怎么连个人影也不见了。"

一名警官追到巷子里，不可思议地嘟哝着。

从那家伙逃进小巷到警官追过来，前后不到一分钟，跑得再快也不可能逃出这条小巷。而且，月光下看得清清楚楚，这巷子里根本没有可以藏身的地方。

就在这时，有人从巷子那头不紧不慢地走了过来。

"喂，你看到有人跑过去了吗？"

警官大声询问。

"没有，没看见。"

那人停下脚步，吃惊地答道。

警官们又仰头看向两侧的围墙，要爬上这么高的围墙可不是容易的事。

"你等一下。"

中村警部在与那人擦肩而过的时候喊住了他。他在想，这个人会不会就是刚才那家伙乔装改扮的。

"有什么事吗？"

那人转向中村警部。警部毫不客气地盯着那张脸。那只是一个普通的青年，不管是体型还是衣着，跟那怪物都毫无相似之处。但是慎重起见，中村警部还是问了他的名字。

"我吗？我叫三谷。"

一听这名字，一名警官十分惊讶：

"什么？你是三谷君？你住在这里吗？"

"是的，就在前面的青山公寓。"

"中村警部，他是畑柳家的熟人。前几天，就是他化装成畑柳夫人去的上野公园。"

"我今天在畑柳家一直待到傍晚，刚回来吃完饭，洗了个澡。你们这是……还是畑柳家的案子吗？"

"是的，又发生了一起凶杀案。我们一路追赶一个有重大嫌疑的怪物来到这里……"

中村警部简单地把之前的情况说了一遍。

"啊，那个怪物，静子在盐原温泉也见过。这么说，当时不是她的幻觉。这次的案子，那家伙打从一开始就牵涉其中了。"

"这样说来，就更不能放跑那家伙了。可是，怎么就不见了呢？你有什么想法吗？"

"嗯，我还真想到了一点。"三谷看向一侧的围墙，"巷子这边有一户奇怪的人家。因为我经常路过这里，所以有所察觉。那家的门总是关着，好像是栋空屋，但是夜里又经常有灯光。还有人听到里面传出过哭叫声。所以，附近的人都说那里是栋鬼屋。那个怪物说不定就是逃进那里去了。"

中村警部当即下令对这栋鬼屋展开全面搜索。慎重起见，一名警官留在巷子里警戒，其他人则由三谷领着进了鬼屋。

院门大敞着，一行人径直来到了玄关。推开格子门，房子里空空如也，一片死寂。

突然，黑暗中传来了隐隐约约的抽泣声。

"有人在哭……好像是个孩子。"

中村警部示意众人安静，仔细听了听后说。

"不会是畑柳家的阿茂吧？"

三谷凑到警部耳边小声说道。

"阿茂？就是畑柳家那个被绑架的孩子吗？嗯，如果这里就是那家伙的老窝，说不定畑柳静子母子俩都被关在这房子里的什么地方。进去看看吧。"

他随即转向跟来的警官命令道：

"你们就守在这里，要是有人逃出来一定不要让他跑了。"

说完，他就和三谷一起走进了黑暗中。

他们一连检查了几个房间，连个人影也没有。两人决定分头行动，好尽快找到可能被关在这里的畑柳母子。

推开一间好像是客厅的房间的门的时候，中村警部已经不自觉地放松了警惕。

"反正又是一间空屋。"

这样想着，他满不在乎地开了灯。

突然，一道黑影不知从什么地方冲了出来，没等他反应过来，已经跟他擦肩而过，冲到了走廊上。

"站住！"

中村警部怒喝道。

那家伙下意识地扭头看向中村警部，就在这一瞬间，警部看清楚了那张脸。啊，是那张脸！就是那个在畑柳家围墙上的家伙！

"三谷君，是那家伙！往你那儿跑了，快堵住他！"

中村警部大叫着返身追了上去。

"在哪儿？"

走廊尽头的房间里，传来了三谷的声音。

中村警部在走廊上跟三谷会合了。

"就是那个骷髅一样的家伙，你没看到吗？"

"没有啊……"

怪物确实往这边跑了，在他逃跑的方向上只有三谷所在的这个房间，两边都是紧闭的套窗和墙壁。

那家伙又一次凭空消失了。

两人开始一个房间一个房间地仔细搜查，所有的隔扇全都打开了，壁橱、衣柜，所有可能藏人的地方都检查过了，就连厕所都没有放过。

就在两人终于耗光了所有耐性，在一间空屋子里喘着粗气面面相觑的时候，三谷突然竖起了耳朵。

"听，是孩子的哭声。"

两人循声摸了过去。

"好像是在那边的厨房。"

"不，不可能。我们刚才已经彻底搜查了那里，灯都还亮着呢。"

说着，三谷已经迈进了厨房。

"啊！"

三谷突然叫了起来。

"怎么回事？"

中村警部连忙冲了过去。

"是那家伙！掀开盖板钻到下面去了。"

中村警部闻言冲过去一把掀起了盖板。

"是暗道口！这房子有地下室！"

盖板下有一道水泥楼梯，那家伙这回可成了瓮中之鳖了。

中村警部掏出枪，两人小心翼翼地下了楼梯。

楼梯尽头有一扇门，孩子的哭声就是从那门后面传出来的。不知为什么，钥匙就插在门上。中村警部试着转动钥匙，门应声开了。

两人在门外向里张望，突然，房间内外同时响起了惊喜的叫声。

屋里，煤油灯昏暗的灯光下，畑柳静子和阿茂紧紧地搂在一起。

"静子!"

三谷精神大振,一个箭步冲了进去。

但中村警部对此视若无睹,仍然十分警惕地搜寻着怪物的身影。

除了刚才下来的楼梯,这里明明没有别的出路,那家伙也确实逃了下来,怎么会不见了呢?

询问畑柳静子,只知道阿茂是昨天被那怪物带到这里来的。打那之后就再没见过那怪物了。阿茂又饿又怕,哭个不停。

守在外面的警官们也都异口同声地说,根本没见有人从里面出来。

中村警部又打电话找来了支援的大批警力,不光对那栋房子,就连隔壁的邻居都进行了地毯式的搜查,但竟连一点蛛丝马迹都没发现。

密　道

　　不可思议的不只是那怪物再一次凭空消失。小川正一究竟是什么人？为什么要擅自闯入畑柳庄藏的书房，还从里面反锁了门？是谁杀了他？又是怎么从密室般的书房里脱身的？还有，小川正一的尸体哪儿去了？

　　中村警部认为那个怪物就是杀死小川正一的凶手。杀人后，他把尸体搬出书房，藏到什么地方去了。他翻墙逃走时，的的确确是一个人。那么，尸体一定还在畑柳家。可是，几番搜查过后，别说尸体了，一点蛛丝马迹都没有发现。

阿茂一回家就病倒了，高烧不退。畑柳静子也闭门谢客，几乎什么人都不见。

中村警部希望能够从她们那里得到一些线索，但反复询问之下还是一无所获。

三谷每天都来畑柳家，他已经成为畑柳静子唯一的依靠了。

平安无事地过了两天后，畑柳静子身边又开始不断发生诡异莫名的怪事。那张恐怖的怪脸时而出现在卧室窗外，时而出现在化妆镜里，有时甚至就在客厅的门后窥视。

没有人知道那怪物是怎么进来的，更不知道他是如何逃走的。不管怎么布下严密的警戒，那家伙总能来去自如。

畑柳静子一天天憔悴下去，三谷实在于心不忍，终于提出要委托大侦探明智小五郎解决这次的案件。

征得畑柳静子同意后，三谷立即拜访了茶水町的开化公寓。

明智租下了二楼面朝大街的三个房间，用作住所兼事务所。

三谷敲了敲门，开门的是一个二十岁上下的青年。他是明智的得力助手，叫小林芳雄。

明智坐在客厅的扶手椅上，吸着他最喜欢的埃及香烟。透过烟雾，可以看到他的长发浓密而蓬乱，脸上没留胡须，双眼炯炯有神。

不一会儿，他的女助手文代小姐端来了茶水。

三谷坐到明智对面的椅子上，把自盐原温泉以来发生的一系列事件毫不隐瞒地说了一遍。

"总之，都是些莫名其妙的事。我不相信这世上有什么妖术，但是除此之外，似乎没有其他说得通的解释了。"

三谷最后总结道。

"巧妙的犯罪看起来总是像妖术。"明智面带微笑听完三谷的话，总算开口了，"关于那个怪物，你觉得会是什么人？不会一点线索都没有吧？"

三谷脸色大变，他觉得明智似乎已经看透了他内心深处的秘密。

"好吧，我还没有对任何人提起过。既然您这么问了。我有个可怕的怀疑，一直在心中挥之不去。"

三谷说到这里警惕地看了看四周，文代已经退出了房间，客厅里只有他和明智两个人。

"不会有人偷听的。你说的怀疑是指？"

"比如说，我是说比如。硫酸之类的东西造成的重伤，要多久能够痊愈呢？半个月够吗？"

"嗯，半个月差不多吧。"

明智饶有兴趣地看着三谷。

"这么说，还真有可能……"三谷的脸色惨白，"我认为，虽然凶手绑架了阿茂并索要巨额钱财，但他的目的根本不是钱。他的目标从一开始就是静子。证据就是，他当时要求一定要静子独自去见他。"

"有道理。"

"就像我刚才说的那样，那怪物出现在盐原温泉是在冈田道彦离开旅馆后半个月。"

"可是，那个冈田不是投水自尽了吗？"

"虽然大家都这么说，但是，断定那尸体是冈田的依据不过是衣着、身高和差不多的年龄。"

"脸呢？难道已经腐烂了？"

明智探身问道。

"据说是在水里泡得久了，又从涨水的鹿川顺流而下，一路上在岩石上磕碰得厉害，已经面目全非了。"

"你的意思是，那不过是穿着冈田衣服的另外一个人的尸体，而冈田本人则以硫酸之类的东西毁容后活在世上。是这样的吧？"

"是的。"

"这种行为实在很难想象。"

明智歪着脑袋自言自语道。

"那是因为您不了解冈田道彦这个人。那家伙就是个疯子。据说他是个画家，所谓的艺术家的心理实在是我们常人难以理解的。"

明智静静地听着。三谷继续往下说：

"那家伙的爱实在是太可怕了。他疯狂地爱上了静子，为了得到她，竟然提出了要用毒酒与我决斗。失败后还不甘心，又怀揣匕首回来找我们。而且我想，那家伙的目的应该不只是静子，他这么大费周章，并且不惜自毁容貌，肯定还有什么不可告人的目的。”

“比如，复仇？”

“是的。他想向我复仇，毫无道理的复仇。所以，这次来拜托您，除了保护静子，也是为了我个人的安全。”

“你知道冈田道彦住在哪儿吗？”

三谷的故事告一段落的时候，明智问道。

“在盐原的时候他曾给过我一张名片，应该是住在涩谷一带。”

“调查过那里了吗？”

“没有……”

三谷顿时懊悔不已，竟然会有这么大的疏漏。

“那我们一定要去看看才行。不过，在那之前，还是先去青山的鬼屋看看吧。破解了你所谓的妖术，自然就能看清凶手的真面目了。”

“如果可以的话，能请您现在就去吗？”

明智对这起案件颇感兴趣，当即点头答应了下来。

就在明智向文代交代一些他不在时的注意事项

的时候，先行一步的三谷在玄关发现了从门缝下塞进来的一封信。

"明智先生，好像是一封信。"

三谷捡起信交给了明智。

"谁寄来的？"

明智说着随手拆开了信封。

"三谷君，怪物已经知道你来我这里了。"

他笑着把信递到了三谷手上。

明智：

　　终于轮到你出马了。当心，我跟你之前打过交道的家伙们都不一样。你看，你刚刚接受委托，我就已经闻风而至了。

"难道那家伙偷听了我们刚才的谈话？"

"不可能。我们刚才说话的声音在门外是不可能听到的。我看，那家伙多半是跟踪了你。看到你来我这儿了，又待了这么长时间，就猜到我接受了你的委托。"

"说不定那家伙现在还在附近。"

三谷越是担心，明智越是不以为然。

"如果那家伙继续跟踪我们，那就太好了，就不用那么麻烦去调查他的下落了。"

明智调侃着，上了等在门外的出租车。

驶往青山的路上，两人一直留心后面，但并没有发现什么可疑迹象。难道是那家伙已经猜到了两人的目的地，所以先行一步抢在了前面？

两人在青山下了车，往那栋鬼屋走去。

原本大敞的门上已经多了一把看起来十分牢固的大锁，那是警方加上的。夜里的鬼屋在白天的阳光下也不过是座普普通通的房子。

"没有钥匙进不去啊。"

三谷为难道。

"绕到后面看看吧，就是那家伙消失的地方。"

明智说着已经迈开了脚步。

"后面更进不去啊，那里既没有门，围墙又那么高。"

"可是那家伙就是从后面进去的吧？既然他可

以，我们当然也可以。"

明智并没有停下脚步。三谷只好跟在后面。两人很快就来到了那条小巷。

"是这里吧？"

"是的，就像您看到的，没有梯子根本爬不上去。您看，墙头上还插满了碎玻璃片。"

"那天晚上有月亮吗？"

"有，月光很亮。"

明智一会儿抬头看看围墙，一会儿低头打量地面，好像在找什么。不一会儿，他会心一笑，招呼三谷道：

"如果那家伙是在这里消失的，那么这附近一定有出入口。只不过利用了我们的心理盲区，即便看在眼里，也不会想到……"

"您是说这围墙上有暗门？"

"警方已经调查过了，那种东西应该不会有的。"

"可是……"

"我的猜想到底对不对，我们这就来试试。我们来重演一遍那晚的情况。我就是凶手，你是警官，在后面追我。"

　　三谷被明智说得莫名其妙，但是在强烈的好奇心的驱使下，还是按照明智的吩咐去到大约二十米外的大街上，明智则留在巷子口。

　　明智发出信号，两人同时跑了起来。三谷眼看着明智拐进了小巷，但等他赶到巷子口的时候，突然"啊"的一声惊叫，呆若木鸡地愣在了那里。

　　明智不见了。

　　"三谷君，三谷君。"

　　有人喊他。三谷正不知所措地东张西望的时候，又传来了清晰的拍手的声音。这次他确认了，声音确实是从墙后传来的。

　　三谷循声走到墙根，把耳朵贴在墙上，想要再听清楚点。就在这时候，身后突然传来"咣当"一声。

　　注意力全部集中在围墙后的三谷吓了一跳，连忙转过身来，却发现明智正满脸微笑地站在那里。

　　"哈哈哈……不过是雕虫小技罢了。"

　　三谷看向明智脚下：

"啊，原来是这么回事。"

"是啊，你一定以为这是个普通的下水道口吧。东京的街道上到处都是这玩意儿，谁都不会留意的。"

"嗯，被您这么一说，我知道是怎么回事了。确实，这么狭窄的巷子里却有这么大一个下水道口，是不太正常。"

"你看，这盖子中间有根轴，只要卸开这里的卡子，它就能像旋转门一样开合。"明智说着给三谷演示起来，于是地面上出现了刚好能容纳一个人出入的洞口，"也就是说，这里其实是秘密通道的出入口。"

两人穿过秘密通道，来到了围墙里面。另一侧的出口在院子里小仓库的地板下面，那里有一块可以掀起来的盖板。

"竟然特意建造了这样的秘密通道，这次的案件恐怕没那么简单。不过花费了那么大心血经营的秘密基地被发现了，那家伙一定十分懊恼吧。"

明智似乎十分得意，满脸笑容。

雕　像

三谷带着明智来到厨房。他竖起耳朵听了一会儿，什么动静也没有，便放下心来，掀开了那块盖板。

"就是这里。这下面是地下室，要是没有手电……"

"我带打火机了，下去看看。"

明智点燃打火机，走下了狭窄的楼梯。楼梯尽头，一扇显然十分坚固的大门大敞着，门后是一个看起来像水泥盒子似的房间。

明智举着打火机在房间里转了一圈，找到煤油灯点燃了，房间里朦朦胧胧地亮了起来。

他又回到楼梯上，仔细查看。不一会儿，他熄灭打火机，朝还在上面的三谷喊道：

"你也下来看看吧。"

三谷提心吊胆地走下了楼梯。走到一半的时候，他借着煤油灯昏暗的灯光向房间里瞥了一眼，不由得大吃一惊。

"明智先生，您在哪里？明智先生……"

三谷惊慌地呼唤着明智，同时不住地四下查找，但根本没有明智的影子。就在他马上就要拔腿逃出这恐怖的地下室的时候，身后突然响起了明智的声音：

"三谷君，三谷君。"

但是只闻其声，不见其人。

"哪里？明智先生，您在哪里？"

"哈哈哈……在这儿呢。"

三谷头顶的黑暗中，"啪"的一声亮起了火光。抬头一看，明智竟然像只壁虎似的贴在了地下室的天花板上。

"怎么样？这就是所谓的妖术。利用支撑天花板的横木藏在头顶的黑暗中。"明智跳了下来，一边拍打着身上的灰尘一边解说道，"也就是说，那家伙等你们下了楼梯，就从这里跳下来，逃到外面去了。你们在这里当然什么也找不到。哈哈哈……这根本就是骗小孩子的把戏。然后再利用那条密道，就可以轻而易举地脱身了。"

就这样，谜团被明智轻松解开了。走廊上自然也有类似的可以藏身的地方，只是当时是晚上，三谷和中村警部又不熟悉地形，就被那家伙钻了空子。

两人走出鬼屋，三谷只觉得松了一口气，但明智的脸上反而凝重起来。

"这次的对手实在是一个不可思议的家伙。要拆穿这些小把戏自然没什么难的，但正因为如此，那家伙才可怕啊……"

"什么？明智先生，我不太明白您的意思。"

"哦，没什么，咱们还是先去冈田道彦的住处调查一下吧。"

两人拦下一辆出租车，赶到了东京郊外的一处僻静所在。

冈田道彦的画室在一片杂草丛生的空地上，门窗紧闭。两人费了好大工夫才找到房东。

"那房子好像空着，如果您愿意出租的话，能不能让我们看一下？"

明智编了个理由。

"你们也是画画、搞雕塑的吗？"

房东上下打量着他们问道。

他看起来是个爱贪小便宜的乡下老头。

"我们是冈田道彦的朋友，都是同行。"

明智应付道。

"那房子租金很贵。"

"很贵？"

"是的，因为里面还有很值钱的雕像。"

据房东说，冈田道彦租下这个房子兼作工作室已经有两年时间了。其间既没有亲戚也没有朋友来看他，只有他自己一个人在这里生活，就连死了都找不到人去收尸。不得已，最后只好由房东出面料理了后事。所以留在房子里的所有东西自然也就归房东所有了。其中最值钱的，就是一个巨大的雕像。

"那东西值多少钱？"

"嗯，算便宜点的话，五千块。"

"还真不便宜。是谁的作品？"

"当然是冈田的啦。事情是这样的，张罗完冈田的葬礼不久，就有个艺术商人找上了门来，无论如何都要买下这个雕像。我问他给多少钱，他说一千块。

"艺术品什么的，我一点也不懂，自然也不知道那玩意儿到底值多少钱。但是我看那人是真心想买，于是故意说不卖，一点点地把价钱抬到了两千块。

"那人竟然答应了。于是我更觉得这东西说不定真的能卖出大价钱，于是继续抬价。那人好说歹说，我始终装作不卖。最后，那人无可奈何地走了。

"结果第二天，那人一大早就来了，愿意出三千块买下那个雕像。照这样下去，不知道能卖多少钱呢。于是我当然说不卖啦。以后没过几天，那人又来了，这次愿意出五千块。我这才答应了。

"那人本来说第二天就带着钱来取货，可是这都已经半个多月了，一点儿消息都没有。不过这样一来，我也就知道那雕像值多少钱了。

"房子可以租给你们，但是我可没办法把那么大的雕像搬出去。那么值钱的玩意儿可不能随随便便地扔在外面风吹雨淋。所以说啊，你们要想租下那房子的话，就连那雕像一起买了吧。反正对我来说，卖给谁都一样。"

房东满脸奸笑，视线在两人脸上游移不定。

有意思！冈田道彦的雕像，怎么说也卖不到那么高的价钱。

"这可不是个小数目，这样吧，先让我们看一下。"

明智说。

房东赶紧为他俩带路。

这是一间大概三十平方米的房间，天花板很高，里面胡乱堆放着画架、画布、石膏、颜料等。

房间正中央是一个巨大的雕像，足足占据了房间里三分之一的空间。

"喏，就是这个。"

房东说着揭下了遮在雕像上的布。

"大倒是够大，但是……这也太难看了吧……"

三谷如实说出了自己的观感。

小山般的石膏底座上，八个赤裸的女人交缠纠结在一起，或站或卧，让人叹为观止。但要说这种东西是艺术品，实在有些牵强。倒不如说是小孩子恶作剧的结果。别说五千块，就是五百块也不值。

"你说的那个艺术商人长什么样？"

"嗯，是个怪人，一只手和一只脚好像都是假的；眼睛不好，戴着一副大墨镜；还戴着一个大口罩，盖住了他的鼻子和嘴；说起话来含糊不清，鼻音很重，说不定鼻子也有残疾。"

明智和三谷交换了一个眼神——又是那个家伙。

可是那家伙为什么要买下这个雕像？明智陷入了沉思。

"冈田道彦为什么要制作这么大的雕像，他跟你说过什么吗？"

"你们艺术家的事，我们怎么可能搞得清楚。"
房东苦笑着说。

"那这雕像是什么时候制作完成的？"

"这么说吧，冈田道彦也是个怪人，平时在家从
不开窗，还会把房门反锁，大白天也亮着灯工作。"

"那个艺术商人给这雕像出了这么高的价，却
迟迟不来取货，怎么看都有些不正常啊。"

"五千块呢，可不是个小数目，也许正在筹钱
吧。我能看得出来，那人无论如何都想把这雕像买
回去。"

"也可能那人改主意了。我看再等下去他也不会
再回来了。三谷君，你不觉得这事挺有意思的吗？"

明智一边说，一边逐个仔细查看那八个裸女雕
像，还不是用手这里摸摸，那里敲敲。

"你们看，这八个裸女中有三个做得栩栩如生，
相比之下，其他五个简直就是粗制滥造。"

明智一一指出那三个雕像。

不知什么时候，夕阳的余晖透过窗户洒在了雕

像上，三个栩栩如生的裸女的线条被清晰地勾勒了出来。

"这样看来，雕塑还真是可怕的玩意儿啊。"

房东紧锁着眉头，小声嘟囔道。

一时间，三个人在昏暗的房间里沉默无语，各自想着自己的心事。

"喂，你干什么？"

突然，房东尖叫着冲向明智，可还是晚了一步。

明智冷不防朝一个裸女身上猛踢了一脚。一个不知道从哪里来的家伙一脚就踢坏了价值五千块的东西，房东当然会不高兴。

"你这家伙有什么毛病？这下好了，赔吧，五千块，少一分都不行！"

房东气势汹汹地一把揪住了明智的前襟。

雕像被踢出了一个足有三十厘米的大口子，"伤口"处露出了黑乎乎的像是纱布一样的东西。

明智丝毫不理会房东的斥责，蹲下身去仔细检查起来。

等他再站起来的时候，脸上的表情已经变得无比严肃。

"这种粗制滥造的东西怎么可能值那么多钱？如果真有人愿意花那么多钱买下来，恐怕不是为了这雕像本身，而很可能是为了这里面藏着的东西。"

"那这里面的东西到底是什么？"

房东显然被明智严肃的表情震慑住了，略显拘谨地问道。

"看看不就知道了。你过来自己看吧。"

于是，房东走到裂口前，伸手摸了摸那块黑布。突然，他惊声尖叫起来，跟跄着连连后退，脸上一点血色都没有了。

"这下知道为什么有人愿意出那么多钱买这玩意儿了吧。你没有认出那个所谓的艺术商人就是杀人凶手冈田道彦？"

"什么？难道说他没有死在盐原？"

"嗯，恐怕是故意假死以逃过警方的视线。犯下了这种大罪，装死脱身也不是不能理解。"

"这种事我怎么可能知道！你是说，冈田道彦假死之后，化装成艺术商人来买自己的雕像？"

"是啊，只能这么认为了。"

"那……这……这里面到底是什么？难道是……"

"女尸，而且是三具。"

"胡说！这怎么可能……"

"是不是胡说，看一看不就知道了？"

说着，明智又抬脚向着雕像狠狠踢去。

书　房

　　正当明智奋力踢碎雕像的时候，突然传来"哗啦！"一声巨响，玻璃碎片飞溅了一地。

　　明智连忙冲到窗前，但窗外的暮色中一个人影都没有。

　　"肯定是那些小鬼干的！他们总是在这空地上玩，没办法。"

　　房东无可奈何地解释道。

　　"跑得还真快，一转眼就没影了。"

　　明智苦笑着转过身来，突然，他发现脚下有一团白色的东西。

是包着石块的纸条，上面用铅笔写着：

　　明智，我劝你少管闲事。这是最后一次警
告，当心追悔莫及！

"混蛋！"

明智翻身跳出窗外，但不一会儿还是一无所获
地回来了。他仔细搜索了房子四周，不但没找到扔
石块的家伙，而且一点线索也没有。虽说已是黄昏
时分，但还没到什么都看不清的程度。房子周围是
一大片空地，这么短的时间里，怎么可能逃得连影
子都没了？

"眼看罪行败露，那家伙沉不住气了。越是这
样，我就越是要让凶手原形毕露。"

明智说着，从房间的角落里找出一把雕塑用的
锤子，更加用力地敲打那三个裸女雕像。

石膏碎片飞溅，里面裹着的女尸一点点露了
出来。

这么重大的发现，当然立即报告了警方。明智

和三谷等警方赶来，做完相应的讯问笔录后，就马不停蹄地赶往了畑柳家。

赶到畑柳家的时候已是晚饭时分，考虑到搜查还需要不少时间，明智和三谷决定就在畑柳家吃晚饭。

"晚饭前请允许我看一下二楼书房，可以吗？"

明智向畑柳静子提出要求，得到许可后，就在斋藤管家的带领下上了二楼。

自从前天小川正一遇害后，这间书房就被锁了起来，里面的所有东西都没有人动过。

这是一间西式房间，天花板很高，摆放着一张巨大的写字台，墙上挂着几幅阴郁的油画。一眼看去，最显眼的无疑就是摆放在一侧墙边的古色古香的佛像。

在斋藤的指引下，明智来到小川正一曾经陈尸的地方，检查了地毯上的血迹，然后久久打量着那些佛像。

岔开双腿站在那里的佛像跟小孩子差不多高，旁边的金属佛像则有一米左右。

明智目不转睛地盯着那尊金属佛像看了好一会儿，才转向斋藤管家问道：

"你没发现吗？"

"您是说佛像的眼睛？"

"是的，这尊佛像的眼睛刚才好像眨了一下……你没有看见吗？"

"没有……不过，那尊佛像是能眨眼的。主人生前也说过，夜深人静的时候，就能看到那尊佛像眨眼。我虽然不怎么信，但是主人是个笃信神佛的人，认为这是神佛显灵。"

"还有其他人看到过吗？"

"用人们之间偶尔也会说起这件事，但是主人不让我们瞎说，说是会亵渎神灵。"

"嗯，看来，并不是我眼花了。"

明智似乎对这个话题很感兴趣，又来到那尊佛像近前，几乎是脸贴脸地查看佛像的眼睛，只是这次却什么都没有发现了。

就在这时，书房里突然一片漆黑，灯灭了。

几乎与此同时，黑暗中传来一声惨叫，然后就听到有人倒地的声音。

"明智先生，明智先生，出什么事了？"

黑暗中响起三谷的声音。

"快开灯！火柴也行！"

但是，已经不需要火柴了，因为电灯很快就又亮了起来。

只见明智就倒在之前小川正一陈尸的佛像前。

三谷连忙跑过去扶起了明智。

"明智先生，不要紧吧？"

"没什么，没什么。"

明智推开三谷的手，若无其事地站了起来，但脸色却十分苍白。

"怎么回事？"

斋藤管家吃惊地问道。

"没什么，不用担心。好了，我们再到那边去看看吧。"

明智径自离开了房间，斋藤管家和三谷也只好跟在后面出了书房。

"斋藤先生，请把门锁好。"一出书房门，明智就压低声音对斋藤管家嘱咐道，"可以的话，钥匙就交给我吧。"

"这到底怎么回事？"

"三谷君，你也什么都没看到吗？"

明智没有回答斋藤管家的问题，反而转向三谷问道。

"灯是忽然熄灭的，书房里一片漆黑，什么也看不到……"

三谷也有些摸不着头脑。

明智似乎已经发现了什么，但显然还不准备告诉他们，随口敷衍了几句，就招呼两人一起下楼用餐。

餐厅里，畑柳静子和阿茂已经坐在桌前，等着明智和三谷。

"刚才停电了吗？"

落座之后，明智问畑柳静子。

"没有啊。"

畑柳静子有些莫名其妙。

既然没有停电，那就一定是有人把二楼书房的灯关掉了。

晚饭后，大家来到客厅，围坐在一起，有一搭没一搭地闲聊着。这时，用人进来报告说，事务所打来电话找明智大侦探。大家这才发现，明智不知什么时候已经不见了。

"明智先生问我借了二楼书房的钥匙，难道是自己去了书房？"

斋藤管家让用人去二楼看看，可是人也不在那儿。于是只好由三谷代明智接了电话。

"我是三谷，明智先生这会儿不在，有什么事可以先跟我说吗？"

"三谷先生，出大事了！"

电话是小林打来的。

"你说出大事了？什么大事？"

"文代小姐被人绑架了！"

"什么?！"

"电话里说不清楚，我这就赶去当面向明智先生汇报。"

挂上电话，三谷惊慌失措地对众人说：

"糟了！那家伙开始对明智先生展开报复了！"

但是，明智大侦探人呢？大家立刻分头寻找，不光屋里，就连院子里也没放过，可还是没找到明智。

斋藤管家非常担心二楼书房再发生什么意外，于是一个人上了二楼，想要再检查一遍。

书房门半开着，里面有灯光。

"明智先生！"

斋藤管家站在门外喊道，没有回答。

"奇怪！门是开的，他确实来过这里……"

斋藤管家正要离开时，书房里的灯突然灭了。

"是谁？谁在书房里？"

他紧张地对着黑暗大喊。黑暗中好像有黑影一闪而过，但还是没有人回答。

"是谁？到底是谁？"

他摆开架势，声音更大了，希望能够引起楼下人的注意。

突然，黑暗中传来爽朗的笑声。与此同时，灯亮了。

"你，你……"

斋藤管家目瞪口呆。

站在那里的正是满脸笑容的明智。

"您刚才藏哪儿了？"

"我可没藏，一直就在这里啊。"

斋藤管家一时根本想不明白这到底是怎么回事，但他立即想起还有更重要的事情。

"刚才您的事务所来电话了……"

听斋藤管家说完，明智脸色大变，连忙下楼来到客厅。大家都对明智的突然消失又突然出现百思不得其解，但明智完全顾不上解释说明，只是一再追问三谷那通电话的详情。

很快，小林乘出租车赶来了。他的脸涨得通红，因为紧张，呼吸明显有些急促。

"傍晚时分，五点左右，一辆车停在门口，我还以为是先生您回来了，便下楼迎接。司机递给我一封信，说是先生您写的，并说是先生让他接文代小姐外出。文代小姐拆开信，上面只写着'十万火急，速来'！我总觉得其中有诈，劝她不要着急，先想办法联系先生确认一下。但文代小姐对那封信深信不疑，不顾我的劝阻，上了那辆车离开了。

"我连忙拦下一辆出租车跟在后面。那辆车在演出菊人偶的两国国技馆门前停了下来。见文代小姐下车，我也连忙让出租车停车，但等我下车之后，已经不见了她的踪影。

"我向来接她的司机打听，得知他只是受别人委托来接文代小姐的。文代小姐已经跟委托人一起进了国技馆。再问那个委托人的身材、长相，怎么听都不像先生您。于是我更不放心了，连忙买了张票也进了国技馆。检票员、小卖部的人，我都问了，虽然他们中有人看到过一个穿西装的漂亮姑娘，但都说不清楚她到底去哪儿了。

"我又到出口去打听，那儿的工作人员都说没见过文代小姐。也就是说，文代小姐还在国技馆里。我又返回去找，但怎么也找不到文代小姐。没办法，我只好跑到国技馆外的电话亭，查到畑柳家的电话号码后把电话打到了这里。"

"绑架文代小姐的一定是冈田道彦的同伙，他那副模样，不可能出现在国技馆那种地方。"

小林一说完，三谷就说出了自己的想法。

"文代很熟悉我的笔迹，既然她深信不疑，说明那封信伪造得十分巧妙。菊人偶……国技馆……那家伙想在那里干什么呢？画室里的女尸雕像、书房里的佛像，这回又是国技馆的菊人偶，看来那家伙特别衷情于各种形式的人偶啊。"明智面色凝重地站起身来，"三谷君，请务必注意二楼书房的动静。门窗一定要关好，不要让任何人进去。搞不好还会有新的命案！"

被　俘

现在，让我们把故事的时间稍稍往前推一下，推到文代在国技馆门前下车的时候。

"你就是明智大侦探的助手文代小姐吧？我与明智先生合作处理这次的案子，现在他正在里面监视重要的嫌疑人，暂时抽不开身，让我来接你。"

文代刚一下车，一个一身黑衣的男人就迎了上来。他的帽檐压得很低，衣领高高竖起，还戴着大墨镜和口罩，全然看不清相貌。而且不知道是不是戴了口罩的缘故，他的声音听起来含糊不清，鼻音格外重。

那人已经准备好了两张票，带着文代检了票就进了国技馆。

"是畑柳家的那个案子吗？"

文代问。

"是的。不过还没通知警方。对这里的人也要保密，千万不要打草惊蛇。"

那人压低了声音煞有介事地说。

"那我们这就去见明智先生吧。"

"别急，明智先生正盯着那家伙呢。现在，我们需要借你一臂之力。他不认识你，所以你可以不动声色地把他引出来，不要在人群密集的地方搞出什么大乱子。"

说话间，两人已经走上了迂回曲折的小道，往国技馆深处走去。

小道两旁都是以菊人偶摆出的各种场景，浓郁的香气弥漫在湿热的空气中。

文代此时已经对那人产生了怀疑，她毕竟是明智大侦探的得力助手，没那么好骗。不过，为了弄清楚他到底要干什么，她眼下并不打算逃走。

越往里走，菊人偶的舞台越是恢宏壮观。高高的九层塔巍然耸立，壮观的人工瀑布飞流直下，还有巨大的山脉、黑漆漆的杉木林……大小不一的菊人偶就点缀其间。

文代和不明身份的男人在迷宫般的场馆里穿行。

"明智先生在哪里？"

文代装作什么也不知道，焦急地问道。

"你马上就能见到他了。"

男人敷衍道。因为这时男人已经在不知不觉间走在了前面，文代注意到他的右手伸进外套口袋里一阵摸索，好像是在确认什么。

难道这人有枪？如果在人工瀑布附近，借着轰鸣的水声，就算开枪也不会有人听到吧。

恰好这时两人经过一棵人造的樱花树下，一个脸色惨白的菊人偶冷不防地出现在前面。

"啊！"

文代假装害怕，朝那人身上靠去。

"没什么可怕的，不过是人偶而已。"

男人搂过文代安慰道。

"虽然我也知道，但这么突然出现，还是……"

文代离开男人身边的时候，已经神不知鬼不觉地把他口袋里的东西掏了出来，藏在了自己的口袋里。那形状，不是枪，而是个金属盒子。打开盒盖，里面是浸湿了的纱布之类的东西。

是麻醉药！

这家伙并不是想杀死文代，而是想要绑架她。

"你在想什么？"

男人突然问道。

"不，那个，我，稍稍……"

文代装出扭捏的样子，眼睛瞟向前面角落里的厕所。

"啊，原来如此，请吧。"

"对不起，请帮我拿一下。"

文代脱下大衣交给男人。那个金属盒当然已经转移到了她随身的手提包里。之所以让那人拿着大衣，就是为了不让他腾出手来再去确认那个盒子。

文代一进厕所，连忙取出浸满了麻醉药的纱布，用清水反复冲洗，确认洗干净之后，才又塞回了盒子里，然后若无其事地回到了那人身边。

"让你久等了，实在对不起。"

文代一边接过大衣，一边趁机把盒子塞回到了男人的口袋里。

又稍稍往前走了一会儿，男人指了指一面墙壁。

"就在这里，明智先生就在里面。"

说着，他抬手推了上去。原来，这里有一扇伪装得跟墙壁一模一样的小门。门后是一个十分狭小的房间，看样子应该是配电室之类的地方。

男人跟在文代后面进去后，反手就把门锁上了。

"你要干什么？明智先生在哪里？"

文代假装又惊又怕。

"嘿嘿嘿……明智？你真以为他真在这里吗？"

"那，为什么……"

"嘿嘿嘿……这个地方不错吧，不但隐蔽，而且一旦有事，就可以切断整个场馆的电源。到时候一片漆黑，我就可以趁机逃走了。"

"这么说，你不是……"

"哈哈哈……现在才明白……我就是你们煞费

苦心要找的人啊。"

"那，白天从门缝里塞进来的那封信也是……"

"是的，是我……你看，我果然言出必行吧。"

"你要对我怎么样？"

"嘿嘿嘿……当然是要折磨你，让明智知道知道我的厉害了。"

文代暗中做好了准备，屏住呼吸，保持沉默。

"哈哈哈……"

突然，她歇斯底里地大笑起来。男人大吃一惊，一时间没有反应过来，只是愣愣地看着她。她趁机抓住电闸，一通开开合合，弄得配电室里火花飞溅。

"你要干什么？"

男人大叫着扑了上去。

文代当然不是毫无目的地开合电闸，那是在发出SOS求救信号，场馆里的灯时明时灭，那么多的参观者，总有人能看得懂。

搏斗中，男人从口袋里取出那个金属盒子，想要把里面的纱布捂在文代脸上。他丝毫没有察觉到里面的麻醉药已经被调了包。

文代拼命挣扎，混乱中一把扯下了男人脸上的大口罩。

"啊！"

她不由得惊呼出声。那张脸……正是那个没有嘴唇的家伙。

与此同此，男人终于把纱布捂在了文代脸上。文代立即将计就计，假装昏了过去，闭上眼睛瘫软在了地上。

"嘿嘿嘿……还真是让我费了不少事啊。"

男人说着重新戴好口罩，把文代扛在肩上，推门出了配电室。

人　偶

　　国技馆所有的灯同时闪烁，场馆里所有的参观者和工作人员都不知道发生了什么事情，呆在了原地。

　　此时，一辆全速疾驰的汽车上，明智和小林已经看到了国技馆巨大的圆顶。

　　"不好！"

　　明智突然惊叫起来。他第一时间就明白了那闪烁的灯光的含义——SOS，那是求救信号！

　　与此同时，国技馆事务室里的电话已经响成了一片。灯光闪烁的SOS信号惊动了许多部门，水上警署和当地警署相继打来电话询问情况。

明智赶到的时候，国技馆里已经乱成了一团。

明智找来经理，简单地说明了一下情况，要求检查配电室。

经理自然早就听说过大侦探明智小五郎的大名，所以立即亲自带路，把明智和小林领到了配电室。

等他们赶到的时候，配电室里当然早已空无一人。找来电工盘问，才知道他收了一个戴着大口罩和墨镜的男人的一笔钱，把配电室的钥匙借给了他。

"肯定就是这里，发出求救信号的一定就是文代。"

明智眉头紧锁。

国技馆保卫部门立即报了警，并通知工作人员守住各出入口。

警方很快就赶到了现场。因为马上就到闭馆时间了，所以决定在参观者退场之前严密监控各出入口，特别留意戴口罩墨镜的男人和穿西装的漂亮姑娘。

九点三十分，游客都走光了，但所有出口都没有发现那样的男人和文代。

场馆里还有以经理为首的二十余名工作人员、十名警官，以及明智和小林。众人划定区域，对整个场馆展开了彻底的搜查，却仍没能发现那两个人。

"难道已经混在人群里逃出去了？"

一名警官说。

"凶手既然特意把文代引到这里来，一定有什么特殊的理由，绝不会仅仅是为了把她关在配电室里。即便那家伙逃走了，但文代或者……或者文代的尸体应该还在这场馆里的某个地方……"

明智立即提出了反对意见。

经过商议，决定再进行一轮搜查。这次，所有人都分头把守各个出入口，只留下明智和小林在场馆里搜查。

空无一人的场馆里静悄悄的，虽然灯火通明，但不计其数的菊人偶到处都是，看得清清楚楚，反而更让人觉得恐怖。

不一会儿，两人来到了竹林中。这里是整个场馆中最昏暗的地方。因为所有的东西都是人工制作的，所以比真正的竹林更多了一丝诡异的气氛。

突然，走在前面的明智停下了脚步，视线转向了一旁。只见一个军官打扮的人偶正靠在一棵粗壮的竹子下。

这个人偶怎么会在这里，一身打扮跟这里的场景格格不入。

两人正在疑惑，那人偶竟然走到明智身边，低声耳语起来。

说了一会儿，那人偶转身走在前面，像是在给他们带路。明智什么也没说，默默地跟在后面。小林见状，连忙也跟了上去。

走出不远，来到了"清玄庵"的场景。破旧的庵堂建在黑漆漆的杉木林中。樱姬蹲在庵堂前的草地上，只能隐隐约约看到小半张苍白的脸。

军官打扮的人偶停住了脚步，指着那边说了些什么。

樱姬全身都被菊叶包裹着，看起来跟其他人偶不太一样。而且有的地方裹得密密麻麻，有的地方则只是胡乱包了几片菊叶。从那些缝隙里可以看到几抹鲜红，那是文代穿的西装的颜色。

难道……难道是凶手杀了文代，又把她的尸体伪装成了人偶？

想到这里，小林不由得死死抓住了明智的手腕，目光在那人偶身上，再也移不开了。

明智当然明白他的想法，但是恰在此时，他有了更为重要的发现。

顺着军官打扮的人偶手指的方向，他看到了一个模糊的人影正在庵堂中阴暗的角落向这边窥视。

那身打扮，分明是清玄。可是，再仔细看，那张脸……

是那张骷髅般的脸！

自己装扮成清玄，再把文代装扮成樱姬，实在是有点别出心裁。

"嘘……千万不要打草惊蛇，我们悄悄绕过去。"

明智凑到小林耳边轻声说。

明智和小林从旁边绕到了清玄庵后面，这才看清，原来那家伙是躲在墙角的一个大箱子里，探出头来向外张望。这下，他可成了瓮中之鳖了。

就在明智暗自高兴，准备动手的时候，小林脚下不知被什么绊了一跤，发出了轻微的声响。

只见那箱子微微晃动了一下，一道黑影从里面蹿了出来。

"砰！"

慌乱之中，小林扣动了扳机。

但那家伙毫不畏惧，反而迎着小林冲了过去，一把扭住小林的右手，把他手里的枪夺了下来，然后警惕地将枪口对着小林，一步步向后退去。

明智想要追上去，又担心小林的安危，就在他犹豫不决之际，那家伙已经将蹲在庵堂前草地上的樱姬拉了起来，扛在了肩上。

"文代小姐！"

小林惊叫起来。

回答他的是又一声枪响。

鸣枪示警之后，那家伙就扛着文代消失在了杉木林的黑暗之中。

明智自然是第一时间就追了上去，但杉木林里漆黑一片，几乎到处都可以藏身，只不过晚了这一会儿，那家伙已经不见了踪影。

听到枪声，警官们纷纷赶来，与明智一起展开了搜捕。

足足一个小时的搜捕，还是一无所获。

"喂……喂……"

是小林。

大家纷纷向他那边跑了过去。只见他正指向顶棚，同时不停地大叫：

"文代小姐，文代小姐……"

大家抬头向上看去，只见支撑着大圆顶的钢结构上好像挂着什么东西。

啊，是人，穿着鲜红的西装，肯定是文代！

圆顶上有一处通风口，看起来，那家伙是想从那里把文代带出去。

既然凶手大费周章地把文代带到了那么高的地方，她肯定还活着，只是一时昏了过去。

"那家伙刚才把文代小姐放在那里，可能是想要休息一下。被我一喊，他受了惊，就扔下文代小姐自己逃走了。"

小林喘着粗气说。

"逃到哪儿去了？"

一名警官问道。

"屋顶上，从通风口出去的。"

"快，快去把人救下来！"

带队的警官大声命令道。

"我去！"

国技馆的一名工作人员自告奋勇。他显然经常做类似的工作，身手十分矫健，一眨眼的工夫就顺着钢架爬到了离文代不远的地方。

就在这时，通风口里探出了一个人影。那家伙没有逃走，而是想要以文代为诱饵，诱杀上来救她的人。

"小心，那家伙有枪！"

小林在下面大喊。

不知道上面的年轻人有没有听到小林的喊声，他没有停下动作，已经到了文代身边。只见他两条腿盘住钢架，腾出双手就要抱住文代。下面的人不由得都为他捏了一把汗。

就在这时，那家伙又从通风口了探出了身子，这回手里已经握着枪。

"不好！"

大家异口同声地喊道。

年轻人意识到了危险，抱起文代挡在了身前。

"砰！"

枪声在空阔的场馆里回荡不息。文代翻滚着从上面摔落了下来。随后一声巨响，她掉进了水池里。

大家立即朝水池跑去。只见水池中央，那身鲜红的西装包裹着惨白的躯体静静地漂浮在水面上。

突然，大家发现水池边还有一个人影，正是那个军官打扮的人偶。不过此时她已经去掉了伪装，又站在灯下，小林一眼就认出了她。

"啊，文代小姐，是文代小姐！"

"小林。"

"文代小姐，你居然还活着！"

"当然。"

"我就知道，你不会那么容易死的……"

所有人都被眼前这一幕搞得莫名其妙，派出一名工作人员下到水池里检查过后才知道，那不过是个人偶。

文代到底是什么时候变成人偶的呢？

凶手一直以为文代吸入了麻醉药昏了过去，所以在把她装扮成樱姬之后，就放心地自己化装去了。就趁这个机会，文代从附近找来一个人偶，给它套上自己的衣服，打扮成菊人偶，自己再化装成军官打扮的人偶，留在附近监视躲在清玄庵里的凶手。

凶手逃跑的时候，已经发现自己上了当，于是将计就计，利用人偶诱杀追捕他的人。正因为是人偶，比真人轻了太多，他才能这么快就爬到了顶棚。

再说顶棚上的年轻人，自然早就知道了那是个人偶，才会用它来挡枪。此时，他不但没有退缩，反而被激起了血性，奋不顾身地追了上去。

凶手此时已经退出了通风口，来到了屋顶上。年轻人毫不犹豫，也钻了出去。

国技馆的圆顶比较平缓，所以还是可以在上面站稳脚步的。年轻人摆好架势，环视四周，到处都不见那家伙的影子。

突然一声枪响，子弹从他耳边擦过。

"混蛋！"

年轻人立即追了过去。他常年高空作业，身手自然比那家伙敏捷多了。只见他一个箭步扑了上去，两个人就在圆顶上滚成了一团。

圆顶虽然平缓，但毕竟是有坡度的，扭打在一起的两个人越滚越快，不一会儿竟然摔出了屋顶。

然而奇怪的是，圆顶上好像还有一个人，两人滚落之后，夜空中传来了令人毛骨悚然的笑声。

追　捕

　　如果从那么高的圆顶上直接摔到地上，肯定必死无疑。幸好国技馆的圆顶下还有诸多突出的附件，扭打在一起的两个人恰好滚落到了其中一处附件上。

　　命是保住了，但两人都已经筋疲力尽，再加上刚才滚落时的惊吓，一时间谁也爬不起来，都躺在那里大口大口地喘着粗气。

　　其他人连忙搬来梯子，爬上去查看两人的情况。

　　年轻人刚才的劲头已经一点不剩了，垂头丧气地哀叹道：

"那……那根本不是凶手，而是……是……是明智大侦探。"

明智顾不得指责年轻人的鲁莽，皱着眉头说：

"那家伙还在屋顶上，快，快去抓住他！"

于是，把两人接下来的同时，几名身手敏捷的警官和工作人员被挑选出来，爬上圆顶展开了搜捕。剩下的人则在国技馆内外布下了严密的警戒。

搜捕一直持续到天亮，还是一无所获。

明智因为刚才从圆顶上滚落下来的时候受了伤，便在小林和文代的陪同下先行一步，返回了事务所。虽然没能抓住那家伙，但至少救回了文代，也算不虚此行。

"啊，在那里！"

随着天光渐亮，终于有人发现了凶手的踪迹。

国技馆的圆顶上飘浮着好几个硕大的广告气球，用绳索系在圆顶边缘的栏杆上。其中一个上面写有"菊花展览会"五个漆黑的大字，几百米外都能看得清清楚楚。

此时，凶手就在气球下绳索结成的网中，看起来就像躺在吊床上一样。

警官们立即聚到了圆顶上拴着那个气球的地方。

眼看已经走投无路，但那家伙毫不惊慌，从下面看上去，竟然像是因为疲累不堪睡着了似的。但是再仔细看，不对，他还在动作。

"那家伙在干什么？"

一名警官注意到了他的动作。

"他在割绳子！"

"不好！快，一定要在他割断绳索之前……"

话音未落，绳索已经断了。在众人的惊呼声中，气球晃晃悠悠地升上了天空，随风飘去。

凶手乘广告气球逃脱的消息占据了当天各大报纸的头条。这可是连续杀害了好几个年轻女人，还将尸体封在雕像里的变态杀人狂，以如此不真实的方式逃脱了警方的追捕，不能不引起大家的恐慌。

虽说如此，其实应对的方式也很简单。这种广告气球的密封性并不好，会慢慢漏气，所以平时总要不时充气。现在只要等它漏气之后慢慢降落下来就行了。只是需要做好准备，不能让凶手在气球降落之后再逃掉。而且，现在这个消息已经人尽皆知，所以不管气球飘到什么地方，都不可能逃过人们的眼睛。

于是，所有人都在等着气球降落。

当天下午，警视厅终于收到了报告。气球出现在了隅田川下游的永代桥上空，朝品川湾飘去。

早已做好准备的警官们立即登上水上警署的快艇，沿着隅田川朝品川湾方向驶去。

"气球上的家伙不会再变成人偶吧？"

不知为什么，中村警部总有个不好的预感。

快艇驶出隅田川河口的时候，已经有两三艘不知从哪里来的小艇加入了追捕的队伍。

其中一艘像是比赛用的快艇，体形虽小，但速度很快，一眨眼的工夫就从警方的快艇旁超了过去。

快艇上的男人一身黑衣，双手紧握方向盘，死死地盯着前面的气球。

警方的快艇一开始还试图追上去，但很快就发现这是根本不可能的事，两艘快艇之间的距离不但没能缩小，反而越拉越大了。

"那艘快艇上的是什么人？不会是那家伙的同伙吧？"

一名警官担心道。

"我看不像。再怎么快，就凭那么一艘小艇想从警方眼皮子底下把人救走，根本是白日做梦。"

另一名年纪大些的警官凭借多年的经验做出了判断。

终于，气球飘过第一座炮台后，再也无力继续挣扎，有气无力地落在了海面上。气球下面的家伙也随着"扑通"一声巨响掉进了海里。海面上随即翻起了一阵阵水花，是那家伙在拼命挣扎。他好不容易才浮出水面，抱住了漂在海面上的气球，随着海浪起起伏伏。

从昨天开始，先是在国技馆的圆顶上拼命逃窜，又在天上飘了大半天，现在又掉进了海里，一般人恐怕早就撑不住了。即便他这种变态杀人狂，也早已经筋疲力尽，眼看就要被海上的大浪吞噬了。

只见那艘小艇如离弦之箭在海浪间飞驰，直奔垂死挣扎的凶手而去。

"喂，再快点！追上那艘小艇！"

中村警部见状越发焦躁起来。不光是他，所有的警官心里都不由得产生了这样的怀疑：快艇上的是不是那家伙的同伙？他赶得那么急，是不是要赶在警方之前接应他脱身？

快艇停了下来，驾驶员把那家伙拖上了船。

就在中村警部和一众警官们暗叫不好的时候，快艇上的形势发生了意想不到的变化。被拖上船的凶手竟然和驾驶员厮打了起来。

警方的快艇趁机全速接近，但小艇上的搏斗结束得更快。凶手获得了胜利，夺下了小艇，坐到驾驶席上握住方向盘企图逃走。

小艇刚刚重新发动起来，突然大概是发动机的位置冒出一团火光，随即"轰"的一声巨响，借着海上的风势，小艇瞬间就被大火吞噬了。

小艇上的凶手连忙翻身跳进了海里。

海面上漂浮着一大片燃烧着的汽油，随着海浪起伏。

直到火势渐熄，警方的快艇才终于靠了上去。

只见一个人漂浮在小艇附近的海面上，中村警部连忙指挥大家把那人拉上了快艇。

"这不是三谷吗？"

中村警部大吃一惊。

考虑到三谷与畑柳静子之间的关系，他的举动是完全可以理解的。好在他只是昏了过去，并没受什么伤，经过急救，很快就醒了过来。

"啊……是中村警部？谢谢，我已经没事了。那家伙……那家伙怎么样了？"

"小艇爆炸了，不知道他是不是被炸死了。我们还在搜索。三谷君，你为什么要冒这种险？如果等我们过去抓捕，就不会是这样的结果了。"

"对不起。以往那家伙总是在最后关头逃之夭夭，我只是想着这回一定要抓住他，没想到……"

"算你运气好，只是昏了过去，没受什么伤。那家伙可就没这么好的运气了。"

这时，负责海面搜索的警官赶来报告，说发现了一具尸体。尸体马上被打捞了上来，整个人都已经被烧得面目全非，特别是那张脸，简直是惨不忍睹。

"怎么会烧成这样？太可怕了！"

见惯了尸体的警官们都不由得转过了头去。只有中村警部，似乎想到了什么，蹲在尸体边左看右看，还伸手按了按已经烧焦的脸颊。

他刚按了两下，就倒吸一口凉气，缩回了手。

"哼，果然如此，这根本就不是人脸！"

大家听他这样说，不由得重新盯着那张脸打量起来。

很快，大家就都明白了中村警部的意思。只见他两手伸向尸体的耳后，用力一扯，把那张丑陋无比的脸皮剥了下来——那竟然是一张制作极其精巧的假面具！

"这才是那家伙的真面目。那张让人毛骨悚然的脸不过是用来吓唬人的道具。"

中村警部手里拿着假面具，盯着面具后的那张脸说。

那是一张谁也不认识的男人的脸，看起来大概三十五六岁，没有什么特别的地方。整张脸都是被融化的假面具烫出的疤。

"三谷君，你还记得冈田道彦长什么样子吧？"

"当然，怎么可能忘得掉。"

"那么这个人是冈田道彦吗？"

"不，不是他！凶手是冈田道彦，我原本对此深信不疑，还跟明智大侦探一起去搜查了他的画室。我曾以为冈田道彦自己用硫酸之类的东西毁了容，变成了那副可怕的模样。但是……这人不是冈田，我根本不认识他。"

三谷满脸困惑。

齿　模

　　品川湾事件后的第三天，中村警部拜访了明智。

　　虽然肩头还隐隐作痛，但明智已经没有大碍了。他已经从报纸上了解了事件的大致情况，中村警部又做了详细的补充。

　　"我在电话里拜托的那个东西带来了吗？"

　　明智听完中村警部的叙述后问道。

　　"带来了。虽然不知道你是怎么想的，不过，东西带来了。"中村警部拿出一个白布小包裹放在了桌子上，"不过，我觉得已经不需要这东西了吧。罪犯的真实身份已经查清楚了，我是特意来通知你这一情况的。"

"是什么人？"

"一个完全出乎意料的男人。他叫园田黑虹，是个不怎么有名的推理作家。"

"推理作家？"

"见到报上刊登的照片后，他的房东通知了我们。我们立即派警力去搜查，才知道这真是一个可怕的家伙。

"圆田黑虹是个性情孤僻的作家，每年都会发表一部异常恐怖的短篇小说，以此吸引猎奇的读者。但不光是他的读者，就连发表他作品的杂志社也对他毫无所知。住在哪里，长什么样子，这些都没人知道。稿件总是从不同的邮局寄来，稿费也都是寄到指定的邮局，由他自己来取。

"他从不与人交往，租住的位于池袋的僻静独栋住宅总是门窗紧闭，甚至没有人知道他在不在家。我们去搜查的时候，发现那里简直就是一座鬼屋。壁橱里挂着骷髅，桌子上摆着血腥的人偶头，脖子上涂满了红色染料，墙上挂满了血腥恐怖的画。"

"有意思。"

明智饶有兴味地附和着。

"他的书都是与犯罪有关的，抽屉里塞满了尚未完成的手稿。从手稿上的署名才知道这家伙叫黑虹。"

"我看过他写的小说，当时就觉得这是一个非同一般的家伙。"

"这家伙是个天生的罪犯。为了满足他的疯狂欲望，创作了这样的小说。可他好像还不满足于在小说里策划犯罪，于是就把那些疯狂的想法付诸行动了。如果不是这样的家伙，谁能想出那么离奇的犯罪手法？"

"制作假面具的人调查过了吗？"

"调查过了。在东京，像那样用蜡加工成各种工艺品的厂子有五家。我们全部调查过了，没有一家制作过那种东西。"

"只是做一个面具的话，应该不需要什么大型工具吧？"

"嗯，只要有模具，再有原料、锅和染料就可以了。那家伙很可能是请人在自己家里秘密制作的。工艺并不复杂，只要稍稍掌握一点窍门，即便不是内行也能做出来。水平高的技师做出来的蜡面具不仅轻薄，而且有一定弹性，可以很好地贴合在脸上，即便不用眼镜和口罩遮掩，乍看之下也分辨不出是假面具。"

实际上，这种化装手段连经验丰富的中村警部也是第一次遇到。

"这种天马行空的犯罪手法真是棘手。好在大家齐心协力，终于揭开了真相。"

"看起来好像是这样。"

明智显然话里有话。

"你这是什么意思？"

"这次的事件以这么一个作家的死而告终，有点太戏剧化了。即便只考虑到在冈田道彦画室中发现的雕像，也……"

"那是完全不同的案件。再说，冈田道彦不是早就死了吗？如果不把那个没有嘴唇的怪物和冈田道彦考虑成同一个人，就没有任何问题了。"

"这当然是最简单的解释。但是事实果真如此吗？这里面还有很多不合逻辑的地方。比如，假设冈田道彦就是杀死雕像里的三个女人的凶手，这样一个连环变态杀手怎么会仅仅因为失恋就投水自尽呢？"

"你还是认为那个怪物就是冈田道彦？"

"这只是其中的一个问题。再比如，死在畑柳家书房里的男人，生前自称小川正一。他为什么会被杀？凶手是怎么出入畑柳家的？他的尸体又到哪儿去了？

"还有，如此煞费苦心抓走畑柳静子，为什么那么简单就放她回家了，而且毫发无损？

"最重要的是，我打电话到盐原的温泉旅馆确认过了，出现在那里的那个男人确实是没有嘴唇的，这是女招待在他吃饭的时候亲眼见到的。由此可见，这次死在海上的这个人肯定不是那个怪物。

"还有这么多疑点，怎么能如此草率地结案呢？"

"你的意思是说，冈田道彦还活着，他才是真正的凶手？"

"有可能……不，不能仅凭想象。没有确凿的证据，不能妄下结论。我们还是要依照证据做出判断。这会儿应该……啊，来了，我一直在等着呢。"

脚步声越来越近，小林出现在了门外。

"小林，东西搞到了吗？"

"嗯，出乎意料的简单。就在附近的那家牙科诊所。我说明情况之后，对方很痛快地就给我了。"

小林说着递上一个小纸包。

明智接过小纸包，又从抽屉里拿出另外一个。这样一来，桌子上就有三包东西了。

"答案就在这些小包里。中村君，请你一一打开，仔细比较一下，如果其中有两个是相同的，问题就迎刃而解了。但是，恐怕……"

中村警部打开三个小包，其中一个包着一块红色橡胶，其余两个包的都是白色石膏。

是齿模。红色的那个是中村警部从死在品川湾的家伙那里取来的。

"怎么样？有一样的吗？"

"没有，这三个齿模肯定属于三个不同的人，一眼就能看出来。"

虽然已经有了大概的答案，但中村警部还是问道：

"这个齿模是谁的？"

"是冈田道彦的。小林刚从牙医那儿拿回来。他这两天一直在找曾经给冈田道彦看过牙的医生。"

"另一个呢？"

"那是真正的凶手的。"

"什么？真正的凶手？这么说，你已经知道真正的凶手是什么人了？"

"我和三谷君一起调查青山空屋的时候，在厨房里发现了吃剩的饼干和干酪，上面留有清晰的牙印，于是我带回来做成了齿模。"

"但是，那究竟是不是凶手……"

"那栋房子已经空了两个多月，不可能还有其他人。畑柳静子和阿茂一直没吃东西。所以，这牙印即便不是凶手的，也一定是他的同伙的。"

"但是，如果这个和死在品川湾的小说家的齿模也不一样，那就说明真正的凶手还活着，而且很有可能正在某个阴暗的角落里策划更为险恶的犯罪计划。"

中村警部凝视着明智的眼睛，陷入了沉思。

就在这时，玄关外传来急促的敲门声，小林出去看了一下，不一会儿就拿着一封信回来了。

"是谁寄来的？"

"没有寄信人的姓名和地址。"

小林说着把信递给了明智。

意　外

"看，这就是凶手还活着的最有力的证据。"

明智看完后把信递给了中村警部。

明智：

　　身体如何？我已经两次提醒过你不要多管闲事。

　　有意思的是，我已经死了，下葬了。也就是说，这封信出自一个死人之手。

　　我还是要提醒你，不要多管闲事！小林这几天在干什么，我一清二楚。趁早收手吧，不然就要自身难保了。

这封信送到你手上的时候，说不定什么地方又发生了杀人事件。不管你怎么竭尽全力，都无法阻止我的计划，只能将自己置于险地。

住手吧，这是最后的警告！

"什么？这封信送到时，什么地方又要发生杀人事件？"

中村警部惊呼道。

"这是对我的挑衅。恐怕我们没有办法阻止这次犯罪。"

就在这时，隔壁房间的电话铃响了起来。

"喂，是明智侦探事务所吗？我是三谷，现在在畑柳家。不好了，斋藤管家被杀了。明智先生好些了吗？请他务必要来一趟啊。"

接电话的是文代，听说又有人被杀了，一时间惊得张大了嘴巴。但她很快从震惊中回过神来，告诉三谷明智还没有完全康复。于是三谷又说："那么请务必把这事转告明智先生。"说完就挂了电话。

明智听了文代的报告，再也坐不住了。

"把我出门的衣服拿来。"

中村警部和文代连忙劝他不要着急，好好养伤。好说歹说总算劝住了。最后决定，留下文代照顾明智，中村警部和小林立即赶往畑柳家。

两人赶到的时候，面无血色的三谷已经焦急地等在门口了。中村警部把明智收到信的事简单说了一下。

"什么？您是说凶手预告了这起杀人事件？"

"是的，简直就像是约定好了似的。就在我们看信的时候，接到了你打来的电话。"

"写信的一定是那个没有嘴唇的家伙！"

"嗯，不会错。现在看来，死在品川湾的圆田黑虹只不过是那个家伙的替身。"

"不会吧……"不知为什么，三谷显得极其痛苦，"斋藤管家的死完全是个意外。我不认为跟那个家伙有什么关系。怎么可能会是她呢？"

"她？难道已经知道凶手是谁了？"

"都怪我不好……"

"到底是谁？凶手已经抓住了吗？"

"逃走了。但一个女人带着孩子是逃不掉的，很快就会被抓住的。"

"你说什么？带着孩子的女人……难道是……"

"是的，就是畑柳静子。她误杀了斋藤管家。"

完全出乎意料之外的凶手让中村警部目瞪口呆。

品川湾事件之后，所有人都认为纠缠畑柳家的恶魔终于伏法了，不由得松了一口气。与之相应的，原本并不为人所注意的一些矛盾也浮出了水面。作为畑柳家的忠仆，斋藤管家对畑柳静子和三谷的关系一直十分反感，积淀在心中的不满今天终于爆发了出来。

今天一大早，三谷就来到畑柳家，和畑柳静子躲在屋里窃窃私语。斋藤管家忍无可忍，借故把畑柳静子叫到了二楼书房。两人在那里爆发了激烈的争吵，甚至在楼下的用人们也能听到。

一切归于平静后又过了很长时间，还是不见两人出来，大家不禁担心起来。于是三谷让一名用人上去看看。

用人敲了几次门，都不见有人回应，于是壮着胆子轻轻推开了书房门。眼前的一幕顿时吓得她惊声尖叫起来。

大家马上意识到出事了，都拥到了二楼书房门口。

只见畑柳静子握着沾满鲜血的匕首，就跪在老人尸体旁边。发现众人赶到，只是两眼无神地瞥了大家一眼，竟然还嘻嘻地笑了起来。

斋藤管家胸口被刺，鲜血已经在身下积出了一大片，不用查看也知道人已经死了。

畑柳静子显然已经神志不清了。大家连忙把她带到了楼下的卧室里。整个过程中她毫不反抗，只是一句话也不说。

警方接到报案后立即赶到了畑柳家，并进行了例行的讯问。

作为凶案现场的书房，所有的窗户都是关着的，四壁都是坚实的水泥墙，唯一的出入口就是房门。很难想象凶手是除畑柳静子之外的其他人。

另外，畑柳静子的精神状态也从侧面证明她就是杀人凶手。在接受警官的讯问时，她精神恍惚，只是反反复复地说：

"不知道，我不知道。"

畑柳静子抱着满脸惊恐的阿茂缩在角落里瑟瑟发抖，看那样子，根本没有人想到她竟然会逃走。于是，众人把母子俩留在卧室里，继续勘察现场，并传讯其他人。

然而，当结束初步调查准备正式拘捕她的时候，却发现她竟然带着阿茂一起不知所终了。警官们立即在周围展开了搜索，却没有发现任何线索，一个精神失常的女人带着一个孩子，竟然在这么多人的眼皮子底下失踪了。

"虽然事实就在眼前，但我始终无法相信静子杀了人，所以才会向明智先生求助。"

三谷显然十分痛苦。

"确实很意外，你会那样想也不是不能理解。但是书房里没有其他人，凶器又在她手里，铁证如山，恐怕……"

明智收到信的同时，畑柳家发生了杀人事件，虽然不管怎么想，这两者之间都不可能有什么必然的联系，但事实果真如此吗？

就在中村警部陷入沉思的时候，突然觉得有人碰了碰自己。抬眼看去，竟是小林。

只见他正用眼神示意着放在客厅桌上的点心盘，里面放着一块吃剩的羊羹，上面的牙印清晰可见。

中村警部马上明白了小林的意思，如果这块羊羹上的牙印跟明智手里的齿模吻合，那就是说……

"三谷君，这块羊羹是谁吃的？"

"是静子。今天早上吃的。"

三谷不知道中村警部为什么会突然问起这个，不假思索地答道。

"小林，你先把这羊羹带回去给明智先生吧。"

于是小林先走一步，回事务所了。中村警部则留下来继续调查。

在院子里，他又有了一个意想不到的发现——西古玛的尸体。

到底是谁，为什么要杀死西古玛呢？

据用人们说，西古玛一直拴在犬舍里养伤，今天早上才放它出来的。

正在这时，明智打来了电话。

"喂，是中村君吗？小林带回来的羊羹上的牙印我已经做了比对，如果那确实是畑柳静子的，我只能说，她就是我们一直在找的凶手！"

"什么？"中村警部惊叫道，"这实在是难以置信，是不是什么地方搞错了？"

"我也这么想。有什么证据证明那是畑柳静子的牙印呢？"

"三谷的证言，他说得很清楚。"

"三谷……"明智沉默片刻，然后继续说道，"畑柳家有只叫西古玛的大狗吧，还在犬舍里拴着吗？"

"那只狗不知什么时候被人打死了。"

"什么？被打死了？在哪儿？"

"就在院子里。我刚刚发现的。"

"嗯……杀死西古玛的家伙就是凶手。因为这个世界上，只有西古玛能够认出凶手。"

明智遗憾不已。

棺　材

　　畑柳静子果真杀了斋藤管家？让我们把时间再拨回到两人在书房里发生争执的时候。

　　"你怎么能这样？太对不起过世的主人了！简直是不知羞耻！不要说亲戚，就连用人们都已经议论纷纷了！"

　　"你以为你是什么人？不过是个下人，竟然也管起我的事来了。我现在就解雇你，马上给我滚！"

　　"让我走？没那么简单！我要请亲戚们都来评评理，到底谁对谁错！"

　　斋藤管家的不满积郁已久，说什么也不愿就此作罢。

畑柳静子一直被大自己十几岁的丈夫宠溺有加，婚后从来没有被人大声呵斥过。此时被一个老用人如此顶撞，早已气得失去了理智。

恍惚中，她只觉得被什么东西撞了一下，然后随手抓起一件东西拼命抵挡……等她冷静下来，斋藤管家已经倒在了她面前的血泊中，胸口还插着一把匕首。

"啊！"

畑柳静子顿感两腿发软，瘫倒在了地上。

"难道是我……"

她无论如何也不能相信是自己杀了老人，下意识地握住刀柄，将匕首拔了出来。

用人推开书房门看到的，正是这个场面。

不等畑柳静子反应过来，所有人就都涌进了书房。见三谷也在其中，她"哇"的一声哭了出来。她终于明白，所有的这一切都不是幻觉，而是不容置疑的现实。

众人从她手中接过匕首，把她扶到了楼下的卧室里。她就在那里哭个不停，不知什么时候，发现阿茂竟然也在她身边。

杀人偿命，这是天经地义的事，自己杀了斋藤管家，无论如何也难逃一死了。想到这里，畑柳静子紧紧抱住了阿茂。

不一会儿，警方传讯了畑柳静子，但她那时已经意识模糊，只会毫无意义地重复"不知道，我不知道……"然后就又被送回卧室，和阿茂抱着哭作了一团。

就在这时，三谷来了。

"静子，不要哭了，我绝不相信人是你杀的。"

"怎么办？我该怎么办？"

畑柳静子一点主意都没有了。

"别怕，我相信你是无辜的。但是现在的情况，你根本没有辩解的余地。警方现在正在讯问用人们。等讯问一结束，恐怕就要正式拘捕你了。现在不是哭的时候。逃吧，带上阿茂，我们三个一起远走高飞！"

"可是，要怎么才能……"

"放心吧，我已经找到一个十分安全的藏身之处。你带着阿茂，躲在里面等到半夜，以后的事我会安排好的。相信我！"

畑柳静子早已六神无主，于是带着阿茂，跟着三谷溜出了卧室。

一路上提心吊胆，幸好没有被人发现。三个人来到厨房旁边的杂物间，三谷掀开角落里的一块地板，露出了一个黑乎乎的洞口。

"你们就在这下面忍耐一下吧。放心，不会有什么危险。"说着，三谷不知从哪里抱来两床棉被扔了下去，"今晚一点左右我会来接你们，在那之前，千万不要弄出声响被人发现。"

自己明明是这房子的女主人，却对这个地洞一无所知，三谷为什么会知道得这么清楚？这本应是一个十分明显的问题，但畑柳静子已经方寸大乱，根本顾不上考虑这些了。

话音刚落，三谷就重新盖上了地板，地洞里顿时漆黑一片。

畑柳静子紧紧抱着儿子阿茂，自己也说不清究竟是什么心情。

"阿茂，别怕。"

"妈妈，我不怕。"

虽然嘴上这么说，但阿茂紧紧依偎在妈妈怀里的身体一直在不由自主地抖个不停。

不知过了多久，两人的情绪渐渐平复下来，随即就清楚地感受到了地洞里的寒意。

晚上八点左右，三谷订购的棺材送到了。斋藤管家的尸体随即被安置在了棺材里。众人敬上鲜花和香烛，守在灵前直至深夜。

过了十二点，大家陆续离开了。又过了一会儿，一个黑影溜进了安置棺材的房间。只见那人摸索着掀开了棺材的盖子，然后吃力地把尸体扛了出来，蹑手蹑脚地向厨房旁的杂物间走去。

是三谷。

来到杂物间，找来一些东西将尸体简单地遮掩一下后，他掀起地板对着下面的黑暗轻声呼唤：

"静子，是我，带着阿茂上来吧。"

回答的声音十分微弱。又过了一会儿，畑柳静子才带着阿茂十分吃力地爬了上来。

三谷原本担心阿茂年纪太小，会吓得哭出声来。但这个只有六岁的孩子不知是被吓傻了还是原本就这么出奇地镇定，竟然像只猫似的一点声音都没有。

三谷把他俩带到放着棺材的房间。

"你们就藏到这口棺材里。肯定会有点不舒服，但是眼下已经顾不了那么多了。除此之外，没有办法能把你们带出这里了。葬礼安排在明天中午，无论如何都要坚持到那时候。"

畑柳静子大吃一惊，不由得踉跄着后退了几步。但事已至此，还能有什么办法呢？索性把心一横，带着阿茂躺进了棺材里。

等她们躺好，三谷又在外面重新盖好了棺盖。

此后的十几个小时，每一分一秒都是那么的难熬。

天一亮，三谷就守在了棺材旁，始终不肯离开半步。只要里面传出一丝声响，他就会大声地咳嗽，或是弄出其他声响，着实费尽了心机。

当然，棺盖已经牢牢地钉死了。

终于到了中午，在三谷的催促下，棺材被抬上灵车，往殡仪馆驶去。

地　狱

　　畑柳静子抱着阿茂在黑暗中颠簸了不知多长时间，灵车终于停了下来。

　　棺材又被人抬了起来，应该是从灵车上抬下来吧。不一会儿，"咣当"一声，棺材好像被放到金属架上了。然后是一声金属相撞的声音，周围随即安静了下来，静得好像在坟墓中一样。

　　棺材里充斥着一股特别的气息，那是自己亲手杀死的斋藤管家尸体的味道，掺杂了血腥味和其他不知什么味道。

　　突然，一个奇怪的念头在畑柳静子的脑海中一闪而过——昨晚的地洞里，好像也有类似的味道，难道……

想到这里，她不由得后背一阵发凉。

幻觉，一定是我的幻觉。在这种逼仄黑暗的空间里待了这么久，产生幻觉也是很正常的。

她不住地默念三谷的话给自己打气：

"坚持一下，再坚持一下……"

等等，这声音，好像在哪里听过，那是……

畑柳静子只觉得自己的头脑中一片混乱，时间、空间都变得那么不真实，简直就像在地狱中煎熬。

"妈妈，我们在哪儿？"

阿茂惶恐的声音打断了她的胡思乱想。

这里，当然是殡仪馆。啊，知道了，刚才的一连串声响就是棺材被送进火化炉的声音。

"这个啊，就是去往地狱的站台。"

畑柳静子突然想起了不知谁在什么时候说过的这句话。

"阿茂，好孩子，再忍耐一下。三谷叔叔就要来救我们出去了，再坚持一会儿。"

"妈妈，叔叔怎么还不来救我们呀？"

是啊，三谷怎么还不来，万一……我们母子俩都要被烧成灰烬。

"阿茂，快，用力拍，使劲喊，叫人来救我们。"

"可以吗？警察不会再来了？"

是啊，只要从这里逃出去，就一定难逃法网。一个女人带着孩子躲在即将火化的棺材里，还有比这更诡异的事吗？不管是谁救出她们，都一定会报警的。而这一切，就会成为畏罪潜逃的铁证！不仅如此，三谷也会因为包庇窝赃重犯而被问罪的。

"不，不行，再等一会儿吧。"

不知过了多久，黑暗中的寒意渐浓，大概已经是晚上了吧。三谷还是没有出现。

突然，黑暗中传来了炉门被打开的声音，然后有什么东西被"哗啦哗啦"地倒了进来，隐约还能听到男人不成调的歌声。

是……是殡仪馆的工人要来点火了！

最后的时刻到了！不等畑柳静子再多想，耳边就传来了"轰"的一声。

"妈妈，怎么回事？那是什么声音？"

"我们马上就要去天国了……天神在迎接我们……"

畑柳静子极力安抚阿茂，但她的声音已经颤抖不已。

"我怕！妈妈，我们快逃吧！"

"别怕，一会儿就没事了，好孩子，听话……"

火势越来越旺，温度急剧上升。

"妈妈，好热。"

"只有这样我们才能去天国啊。"

畑柳静子死死地抱住了阿茂。

"火！火！妈妈，快，快！"

阿茂拼命挣扎着想要逃出滚烫的棺材。

空气越来越燥热，已经无法呼吸了。

再也顾不得那么多了，求生的本能让畑柳静子和阿茂一起，拼命地拍打棺盖，同时两腿猛蹬。但棺盖钉得太结实了，即便快要被烧透了，凭他们两个也还是打不开。想要呼救，但只要一张嘴，浓烟就会灌进喉咙，连呼吸都成了一种奢侈。

就在这时，好像什么地方"啪嗒"响了一下，畑柳静子根本不确定自己是不是真的听到了。但随即，棺材剧烈地摇晃起来，还不时传出木板碎裂的声音。

终于要葬身这炉火之中了。

但出乎意料的是，她竟然感到有一阵凉风袭来，呼吸也舒爽了起来。睁开眼睛，啊！是三谷！

"静子，是我。让你受了这么大的苦，实在对不起。警察一直盯得很紧，根本没有办法脱身。可把我急坏了。好在最后还是赶上了。"

"三谷！"

畑柳静子泪流不止。

畑柳静子带着阿茂，跟着三谷悄悄离开了殡仪馆。那个工人自然得到了一大笔封口费。又不知从什么地方找来一具尸体，火化了冒充斋藤管家的骨灰。

掘 墓

就在斋藤管家出殡的那天，一直在家养伤的明智重新开始了调查。

第三天，中村警部登门拜访。

"怎么样，已经痊愈了？"

"还没有，不过我再也躺不住了。事情越来越有意思了。"

"你是指……"

"当然是畑柳家的案子，还有没有嘴唇的怪物。"

"这么说，你已经有线索了？我们一直在全力搜捕畑柳静子，只要抓住她，那个没有嘴唇的怪物自然也就难逃法网了。但是，一个女人，还带着孩子，竟然消失得无影无踪，一点线索也没有……"

"我也还没完全搞清楚，不过线索倒是有不少。要是逐个去调查，恐怕连觉也不用睡了。"

中村警部暗暗吃惊，警方正因为没有线索一筹莫展，而明智竟然因为线索太多而苦恼。

"雕像里的三具女尸的身份查清楚了吗？"

明智问道。

"这个嘛……我们也调查过，但没有发现符合条件的失踪者。"

"那三具尸体已经高度腐烂，容貌已经完全无法辨认了吧？"

"是啊。"

中村警部不明白明智为什么要提出这么显而易见的问题。

"正好你来了，我想请你看一样东西。"

"什么东西？"

"就是这个。"

明智说着站起身来，打开了隔壁的房门。

中村警部跟着明智来到门外，只往里看了一眼就愣在了那里。

面朝房门并排站着的，竟然是警方一直在搜捕的畑柳静子和阿茂。

"你是怎么……"

"哈哈哈……中村警部，别误会。"

明智径自来到畑柳静子身边，伸出手指在她脸上敲了两下，竟然发出了"嘟嘟"的响声。原来是制作精细的蜡像。

"就连你也没发觉，这下我就放心了。"

明智似乎对这一结果十分满意。

"这实在让人意想不到。但是，为什么要做这种东西呢？"

"当然是有大用处。"

"哦？做得这么精细，一定花了很大工夫吧？"

"不，只用了三天时间。躯干和四肢都可以用工厂里现成的组件，但是头和脸需要根据照片制作。工厂日以继夜地加班赶工，才终于赶了出来。当然，为此我可是花了大价钱的。因为无论如何，我今天一定要用。

"中村君，有件事要拜托你。"

"什么事？"

"掘墓。"

"掘墓？"

"是的，要挖开四个墓，掘墓验尸。"

"为什么是四个？你到底想挖谁的墓验尸？"

"一个是在盐原投水自尽的冈田道彦。"

"嗯，冈田的尸体埋在了盐原妙云寺墓地，想要查验的话倒是没有问题。只是，恐怕也已经腐烂得很厉害了。"

"没关系，哪怕只剩骨架也不要紧，只要牙齿还在就行。"

中村警部马上明白了明智的想法。

"你是想做齿模对比吧？"

"是的。慎重起见，有必要核对一下，才能确认冈田道彦跟那个没有嘴唇的家伙到底是不是同一个人。"

"好，这事交给我来办。其他三个呢？"

"其他三个，与其说是验尸，倒不如说是核实棺材里有没有尸体。"

"什么？你是说尸体被盗了？什么人会干这种事？"

"我也只是推测而已，还是先挖开看看吧。"

"那到底要挖哪三个墓呢？"

"就是在冈田道彦的画室里发现的那三具女尸的墓。"

"那不是已经火化了吗？"

"这个我当然知道。这次要挖的是她们之前的墓。"

"之前的墓？难道说，雕像里的三个年轻女人并不是冈田道彦杀的，他只是偷来了她们的尸体，作为雕塑的材料？"

"是的。这次案件的凶手表面上看起来似乎是一个变态连环杀手，但如果这只是他希望我们这样认为呢？真相恐怕并非如此。"

"你是说，这次的案件不是杀人事件？"

"可以勉强说是杀人未遂事件吧。"

"什么？杀人未遂？即便不算那三个年轻女人，不是还有两个人被杀了吗？"

"两个？不，是三个。那个人可能也是你没想到的。"

"不管怎么说，反正都有人被杀了，绝不是什么未遂事件。"

"确实有人被杀了。但是，凶手的目的并不在于此。所有的这些，都不过是真正的案件的前奏。中村君，请一定记住我说的，这次的案件是杀人未遂事件。过不了多久应该就能解开谜团了。"

"好吧，掘墓验尸的事我来安排。不过到时你最好也能一起来。"

"当然。不过在那之前，我还有一些事情要处理，办完后就会立即赶过去的。"

第二天，中村警部亲自带队，去盐原挖开了冈田道彦的墓。明智也如约赶到了，他把随身带来的齿模与尸体的牙齿做了比对，结果两者一模一样。

先是三谷，然后明智也曾经怀疑过，冈田道彦是不是真的已经死了。但现在，在确凿的证据面前，已经没有任何疑问了。然而，这又带来了新的问题。

"冈田道彦曾提出用毒药与情敌决斗，失败后还曾持刀返回，试图刺杀情敌。不仅如此，他还制作了包裹着尸体的雕像。这样的家伙，竟然会像一个纯情的少年一般，因为失恋投水自尽，这实在是很不自然。如果能弄清楚这其中的关键所在，我想，那个没有嘴唇的怪物的真实身份也就暴露无遗了。"

明智的这番话很快就得到了验证。

第二天，在距离冈田道彦画室不远的O村西妙寺墓地挖开了三座墓。

O村是东京周边为数不多的还保留着土葬习俗的村子之一。经过调查，明智很快就发现这里曾经埋葬了三个年轻女人。年龄、下葬时间都与雕像里的三具女尸基本吻合。

棺材被逐一打开，结果里面都是空的。

第一幕

走出西妙寺，明智和中村警部凑到了一起。

"中村君，方便的话，我们现在就去畑柳家。三谷多半也在那里。我们向他打听一下后来的情况。"

"嗯，我也是这么想的。"

两人赶到畑柳家的时候，已是黄昏时分。

畑柳庄藏已经死在狱中，畑柳静子和阿茂下落不明，偌大的宅院像座空屋似的冷冷清清。三谷迎了出来，把二人带到了客厅。

"这房子现在只剩下一些用人了，静子又没有什么可靠的亲戚，所以暂时只好由我来维持着。"

三谷解释道。

"静子小姐还是一点儿消息也没有吗？"

"没有，我正想向你们打听呢，警方的搜查有结果了吗？"

"我们也没什么线索。一个女人，还带着孩子，竟然能逃得这么无影无踪……"

"是啊，竟然没有人发现她们母子俩从这里逃出去。"

三谷装模作样地附和道。

"这房子就像魔术师的魔术箱，虽然乍看之下平平无奇，但其实可是机关重重啊。"

明智突然打了一个莫名其妙的比方。

"你是说这房子有秘密机关？"

中村警部大吃一惊。

"是的。不然的话，自称小川正一的男人的尸体怎么会凭空消失？还有她们母子俩又怎么可能逃得出去？"

"这么说，你已经知道了这些机关？"

"嗯……可以说知道了一些。"

"那你为什么不早说呢？"

"当然是要等待合适的时机啊。"

"合适的时机？"

"对，就是今天，就是现在。那个没有嘴唇的怪物的真面目马上就要揭开了。中村君，我请你来，就是要让你看看魔术师的秘密。正好三谷也在，我们就一起检查一下这个魔术箱的机关吧。"

明智的这番话让中村警部和三谷面面相觑。

"首先是二楼书房。"

三人来到书房，站在小川正一曾经陈尸的那尊佛像前。

不一会儿，一名用人抱着一个等人大的稻草人进来了。

"这个稻草人可是今天这场戏里的重要演员呢。"

明智微笑着从用人手中接过稻草人。

"戏？"

三谷和中村警部异口同声地问道。

"是的。单靠解说很难让大家搞清楚这个房间里曾经发生的事，所以，我准备重现犯罪现场。虽然事先没有说明，但是把中村君请来原本就是今天这场戏的预定内容。舞台已经布置好了，演员也已经就位，美中不足的就是观众少了点。但是中村君是警方的代表，三谷是畑柳家的代表，这也算十分周全了。"

明智一边说着，一边在距离佛像最远的墙角摆好了三把椅子。

"第一幕，是小川正一被杀。现在，这个房间里已经布置得跟当时一模一样，唯一缺少的就是被害人小川正一，所以就由这个稻草人来替代了。"

明智把稻草人竖到那尊佛像前。

"所有的窗户都插上了插销，除了这一扇。"

说着，他把那些窗户的插销一一插上，最后拉着两人一起坐在了墙角的椅子上。

"好，现在可以开始了。看好了，你们马上就能知道小川正一是怎么被杀的了。"

中村警部和三谷都认定凶手一定是从唯一没有插插销的那扇窗户进来的，所以都紧盯着那边。

突然，房间里传来"啪"的一声。

"快看！"

随着明智的喊声，一把寒光闪闪的匕首不知从什么地方飞了出来，正中稻草人的胸口。

门窗紧闭的房间里竟然凭空飞出一把匕首！中村警部惊讶得目瞪口呆。三谷也不知所措地东张西望。

中村警部的第一反应是有人在院子里扔出了飞刀，于是连忙赶到窗前查看。

"哈哈哈……就算有人有那种神乎其神的飞刀技艺，可窗户关着，玻璃又没有碎……"

明智似乎对自己安排的表演非常满意。

是啊，中村警部苦笑着连连摇头，转身想要去检查一下插在稻草人胸口上的匕首。

刚走出两三步，他突然愣住了——稻草人身上什么也没有！匕首不见了！

他连忙过去查看那尊佛像，可佛像上什么机关也没有。这……

"大家看清楚了吧？这就是斋藤管家和用人发现小川正一被杀时书房里的情景。没有凶器，更没有凶手。小川正一被刺中胸口，一刀毙命，倒在血泊中。"

"这……这怎么可能！"

三谷激动地大叫起来。明智和中村警部都诧异地看向三谷。但这时书房里已经是一片昏暗，看不清他脸上的表情。

"把灯打开吧，这么暗，什么也看不清楚。"

中村警部嘟囔着就要去开灯。

"再等会儿，真正的表演马上就要开始了，舞台暗一些才合适。"

明智阻止了中村警部。

"斋藤管家发现尸体后，立即报了警。为了保护现场，他们把门窗都锁上了。"

明智一边说一边把最后那扇窗户也插上了插销。又把房门锁好，把钥匙收进了口袋里。

"大约三十分钟后，警方赶到，房门被再次打开。在这期间，小川正一的尸体竟然在这门窗紧锁的房间里凭空消失了。到底发什么了什么，请看。"

请看？这房间里只有他们三个人和一个稻草人，要看什么呢？

中村警部率先发现了异常，不禁倒吸了一口冷气。

有人，真的有人！一个全身乌黑、身材矮小的家伙像只蜘蛛似的沿着对面的墙壁下来了。

顺着他下来的方向看去，天花板的一角有个黑洞洞的洞口，一根绳子从里面吊了下来。那家伙就顺着这根绳子下到了佛像的肩膀上，随即不声不响地落到了地上。

　　他蹲在稻草人旁边，似乎在确认它的死亡。得到满意的结果后，他扛起稻草人来到门前，从口袋里掏出钥匙打开门，确认门外没有人后，蹑手蹑脚地来到了走廊上。

　　"快，跟上。"

　　明智说着已经跟了上去，中村警部和三谷也连忙跟在后面。

　　黑衣怪物扛着稻草人在走廊上疾行，却一点声音都没有发出，这实在是诡异莫名。

　　走廊的尽头是楼梯，黑衣怪物下了楼梯，直奔后院而去。那里有一间杂物间，黑衣怪物径自拉开房门钻了进去。

　　明智三人也跟了进去。

　　黑衣怪物把稻草人放在地上，掀开墙角处的一块地板，露出了下面的洞口。一股恶臭顿时扑鼻而来。中村警部马上就明白了那是什么味道，不由得大吃一惊。

　　"明智，这里面有什么，你早就知道了吧？"

"嘘……请再坚持一下，表演一定要按顺序来。三十分钟之内，我会说明所有问题。"

这时，黑衣怪物把稻草人拽到洞口，扔了进去。然后盖好地板，又悄无声息地原路回到了书房。三个观众当然也紧随其后。

等众人都回到书房，黑衣怪物重新锁好房门，收起钥匙，仔细查看一番，确认没有疏漏之后，就顺着那根绳子爬回了天花板上，重新封好了洞口。

"好，第一幕就到这里结束。"

明智说着开了灯，书房里顿时亮了起来。

第二幕

"就这样，小川正一的尸体消失了，然后警方就赶到了。"

"那么，刺死小川正一的匕首呢？"

"匕首是刚才那家伙从天花板上扔下来的。"

"这我已经知道了。可是怎么又会消失了？"

"很简单，匕首后面系了绳子，杀人之后就收回到天花板上去了。"

"那凶手呢？那家伙到底是什么人？"

"绝对是一个意想不到的人。我也是两三天前才发现的，实在是出乎意料。"

"这么说，那家伙就是本案真正的凶手？"

"真正的凶手……在某种意义上说，是的。但是在告诉你他是谁之前，还请继续看这场戏的第二幕。"

"第二幕？"

"是的。这才是最关键的一幕。"

"好吧。"

虽然已经急不可耐，但中村警部清楚明智的性子，如果不按他的方法来，他是不会给出你想要的结果的。

"第二幕紧接第一幕，是小川正一的尸体失踪后两三天内发生的事。"

"你是说斋藤管家被杀？"

"不，在之前还发生了一些事情，就在这间书房里。"

明智说完又重新关上了灯。此时天色已经完全黑了下来，书房里一片漆黑，什么也看不清楚。突然，墙上出现了一个光圈，就像舞台上的追光灯，原来是明智打开了手电。

光圈逐个扫过那排佛像，最后停在了房门把手上。

把手正在缓缓转动，房门被人从外面打开了。

门开得很慢，门外那人显然十分小心。

中村警部和三谷瞪大了眼睛，死死盯着门口，连大气都不敢出。

终于，一个人从门外闪身进来。

尽管知道只是演戏，但明智邀请的两名观众还是不由自主地惊呼起来。

是那家伙！头戴黑呢帽，衣领高高竖起，大墨镜和口罩几乎遮住了整张脸。

手电光圈随着那家伙缓缓移动，只见他抬头看向房间一角的天花板，好像知道那里的密道。

不一会儿，他来到那排佛像前，在中间一尊佛像前停住了脚步。仍然死死地盯着那块天花板，蹲了下来。

就在这时，又是"啪"的一声，那块天花板打开了，紧接着寒光一闪，那把匕首又飞了出来。

第二次杀人！

只见那家伙一个闪身躲过了飞刀，随即一把抓住了系在匕首后的绳子，猛地一拽。

天花板上一声惊呼，接着响起了急促的脚步声。

那家伙一把拖过一张桌子，又搬过一把椅子架在上面，身手敏捷地爬上了天花板。

手电的光圈只能停在那个黑洞洞的洞口上，再也看不到上面的情景了。但从声音来判断，上面显然发生了十分激烈的争斗，只是时间不长，声音就戛然而止了。

又过了两三分钟，一阵窸窸窣窣的声音之后，一个四肢瘫软、耷拉着脑袋的家伙被绑在绳子上从那个洞口吊了下来。

是原本躲在天花板上的黑衣怪物的尸体。

随后，那家伙也顺着绳子下来了。

他在尸体旁蹲下来看了一会儿，确认黑衣怪物已经死了，才解开绑在尸体上的绳子，收回到天花板关上，然后重新封好洞口，恢复了书房里原来的模样，最后仔细地清理了所有的作案痕迹。

就在两名特邀观众都以为他接下来就要像黑衣怪物一般处理尸体的时候，那家伙却重新回到那尊佛像前，猛地一把将佛像搬倒了。

一声闷响，佛像仰面向后倒去，底座下竟然露出了一个暗格，有密码锁，是保险柜！

那家伙掏出一个袋子，打开保险柜，把里面的东西都装进袋子里，然后重新锁好保险柜门，把佛像也恢复了原样。

做完这些，他才扛起黑衣怪物的尸体出了房门。

三人当然尾随其后。

来到光线明亮的走廊上，中村警部发现三谷已经面无人色。

"三谷君，你怎么了？不舒服吗？"

"不，不，没什么，我只是觉得太不可思议了……"

三谷挤出一个不知道能不能算得上笑容的表情。

"打起精神来，马上就要真相大白了。"

明智一边给三谷鼓劲儿，一边半拉半拽着他往后院走去。

那家伙的目的地自然还是那间杂物间，就像刚才的黑衣怪物一样，他掀开那块地板，把尸体扔了下去。

当然，他只是表演了一个扔尸体的动作，黑衣怪物此时起身站到了杂物间的角落里。随后，那家伙也退到了角落里，跟黑衣怪物并排站着。

"第二幕到此为止。"

地　洞

"还有第三幕吗？"

中村警部问道。

"当然，不过后面的事比较简单，如果你们看得不耐烦了，我口述就可以了。"

"好啊，不过，在那之前，我想先检查一下这个地洞。"

"没问题，那边有梯子。喏，手电也给你。"

得到明智的许可，中村警部迫不及待地拿过手电，放下梯子，下到了地洞里。

最上面是刚才扔下去的稻草人。

中村警部拉起稻草人，扔出了地洞。

稻草人下面是三谷把畑柳静子和阿茂藏进去时扔下去的两床棉被。

那棉被下面呢？

从刚才的两幕戏里知道，应该还有两具尸体。一具是小川正一，还有一具是天花板上的黑衣怪物。那黑衣怪物究竟是什么人？

中村警部掀起棉被，用手电照着朝下看去。

"啊！"

即便早有准备，中村警部也还是不由得惊呼出声。两具尸体都已经开始腐烂，肿胀不堪。根据斋藤管家和用人们的描述，可以从衣着上断定，其中一具尸体就是自称小川正一的男人。

另一具呢？

虽然面部肿胀腐烂得难以辨识，但那恐怖的特征实在是让人过目难忘——没有嘴唇，鼻子也缺了一半，脸上光秃秃的，眉毛、睫毛都没有。真的有没有嘴唇的人！跟死在品川湾的园田黑虹不同，这不是面具。肿胀腐烂之后，这张原本就让人毛骨悚然的脸更加恐怖了。

"这家伙究竟是什么人？"

"他就是住在天花板上，杀死小川正一的家伙。"

"这么说，我们四处搜捕的家伙一直就藏在畑柳家书房的天花板上？"中村警部实在是难以置信，"那么，这家伙到底是什么人？为什么要藏在那种地方？"

"他就是这栋房子的主人，畑柳庄藏。"

"什么？畑柳庄藏？！他不是已经病死在监狱里了吗？"

"这确实很意外。他死而复生了。发现这个秘密的是文代。她巧妙地从Y监狱的狱医那里了解到了事情的真相。畑柳庄藏买通了狱医、看守，以及同监室的狱友，诈死逃出了监狱。南洋有一种植物，萃取之后可以让人进入假死状态，畑柳庄藏用的恐怕就是那种东西。总之，在一帮同伙的密谋下，假死的畑柳庄藏被当作尸体运出了监狱，并埋在了墓地里。然后在外接应的人又把他挖了出来。自此以后，他就人不人鬼不鬼地四处游荡，守护着他的财宝。"

"又不是小说，怎么可能会有那种事！"

"畑柳庄藏有的是钱，只要开出的价码够大，有几个人能抵挡得了这样的诱惑呢？他只是个经济犯，又不是什么变态杀人狂，只要帮他越狱，就可以得到一辈子享用不尽的财富，设身处地，你能毫不动心吗？

"被人从墓地挖出来后，畑柳庄藏担心自己会被人认出来，再度投入监狱，于是忍着巨大的痛苦，以硫酸之类的东西烧毁了自己的脸，变成了这副模样。他又请人把自己健全的手脚伪装成假肢，包裹得严严实实之后才敢在光天化日之下行走。

"问题是变成这个样子的自己还能回家吗？能向妻儿说出自己越狱的秘密吗？当然不能。于是，他藏身在深川的一个同伙家中，只能趁夜溜进自己家偷看妻儿。在盐原也是，他是跟着自己的妻子去的。

"在深川藏了一段时间之后，他越来越放心不下，而且，已经有一个同伙知道了他的秘密，打起了这些珠宝的主意。更重要的是，这段时间以来，三谷频繁地出入，与畑柳静子关系越来越密切，这更加引起了他的警惕。于是，他索性搬到了天花板上，日夜守护着他的珠宝。

"果然，那个同伙自称小川正一，趁机溜进书房，想要偷走珠宝。于是就上演了刚才看到的第一幕。"

第三幕

"畑柳庄藏恶贯满盈，这我知道，但是没想到他竟然会为了珠宝杀人。我不明白的是，如果他是凶手，为什么要诱拐阿茂，索取赎金呢？"

"所以刚才才让你们看了第二幕戏。正如看到的那样，畑柳庄藏已经被另一个人杀了。"

"那个戴着墨镜和口罩的家伙？"

中村警部只能做出这种毫无意义的回答。

"是啊。现在，我就让你们看看他的真面目。"明智转向一直站在角落里的两人说，"好了，把墨镜和口罩摘下来吧。"

其中一人依言摘下了墨镜和口罩。

"啊！又一个没有嘴唇的人！"

中村警部大吃一惊。这已经是第三个没有嘴唇的人了。第一个是死在品川湾的园田黑虹，第二个是畑柳庄藏。

"这么说，是没有嘴唇的人杀死了没有嘴唇的人？"

中村警部满脸疑惑。

"是的。没有嘴唇的家伙杀死了没有嘴唇的畑柳庄藏。也就是说，这次的案件里有两个没有嘴唇的人，他们怀着不同的目的，犯下了不同的罪行。就因为我们一直把这两个人当成了一个人，所以才会晕头转向。"

"两个如此相像的残疾人牵涉在同一个案子里，这实在是匪夷所思。"

中村警部怎么也无法说服自己相信这样的解释。

"当然不会有这样的巧合，其中一个是假冒的。喂，把那东西也摘下来吧。"

明智对那个没有嘴唇的人吩咐道。

只见那人两手分别伸到下巴和耳后用力一扯——原来是面具。

　　面具后的绝美容颜正是明智的助手文代。

　　"小林，你也摘下面具吧。"

　　文代对站在身边的黑衣怪物说道。

　　"啊，太好了，这鬼东西戴着可真不舒服。"

　　"原来是你们俩啊。刚才可真把我吓坏了。"

　　中村警部长出了一口气。说着，又从文代手里接过面具，仔细打量起来，那是一副制作极其精美的蜡质面具。

　　"明智，你找到了给园田黑虹做面具的人？"

　　两天前在明智事务所看到的畑柳静子和阿茂的蜡像在中村警部的脑海中一闪而过。

　　"是的，找到了。那两个人偶也是那人做的。"说到这里，不知为什么，明智偷偷地瞟了三谷一眼，"这个面具就是跟那两个人偶一起做的。之所以能这么快就做好，是因为之前的模具都还在……之前的委托人？当然问过了，有意思的是，并不是园田黑虹。"

"不是？那是谁，知道名字吗？"

"名字什么的，只要随便编一个就好了，就算知道了也没什么用。至于体型和相貌嘛，回答得都很含糊，没什么参考价值。"

"这面具还有其他人订购吗？他应该总共做过三个面具吧？"

"不，没有。算上我订购的这个，他总共只做了两个面具。我也注意到了这一点，于是调查了其他的工匠，结果没有人做过类似的面具。"

"这么说来，园田黑虹脸上的面具就是你之前的那个神秘人订购的？"

中村警部越发糊涂了。

"嗯，是的。园田黑虹并不是凶手，却戴上了凶手的面具，这正是真正的凶手的高明之处。这个稍后再说吧。"明智转向文代和小林，"你们一定都累了吧，快去换下衣服休息一下吧。"

中村警部发现，说这话的同时，明智和文代交换了一个眼神。

文代和小林把掀起的地板恢复原样，然后离开了杂物间。

"接下来是第三幕,我刚才已经说了,这一幕比较简单,只要口头说明就可以了。地洞里的尸体稍后再处理吧。现在,我们还是先回客厅吧。"

明智说着带着中村警部和三谷离开了杂物间。

回客厅的路上,他们遇到了用人们,因为被吩咐不能上二楼,也不能靠近后院的杂物间,所以他们正不知所措地等着明智。

明智和中村警部刚在客厅落座,奶妈就端上了茶水。

"请你留在这里,其他人暂时不要进来。"

于是,奶妈向众人传达了明智的吩咐,然后又匆忙回到了客厅。

"太太和阿茂得救了吗?太太会坐牢吗?"

奶妈最关心的就是这个了。

"不必担心,明智先生已经查明,凶手另有其人,不是畑柳静子。"

中村警部安慰道。

"太好了!可是……太太人在哪里啊?要

是……要是回不来的话……"

"放心吧，她和阿茂的去向我都清楚，不会有危险的。"

明智的回答让奶妈长出了一口气，却让中村警部大吃一惊。

"喂，明智，你知道她们的下落？"

"是啊，一会儿就会证明给你们看，她们母子俩都平安无事。不过在此之前，还要把第三幕戏演完。"

明智说着，不慌不忙地喝了一口奶妈端上的红茶。

"第三幕是斋藤管家被杀。畑柳静子当然不是凶手，而是杀死畑柳庄藏的那个戴着假面具的家伙。既然已经知道了天花板上的机关，犯罪过程就不用我再多说了吧。"

中村警部对明智的推理深信不疑，但是转念一想，又提出了自己的疑问。

"虽然你的推理无懈可击，但是戴着假面具的凶手为什么要如此大费周章呢？他真正的目的究竟是什么？如果只是为了畑柳庄藏的珠宝，得手之后为什么还要杀害斋藤管家呢？"

"不，杀害畑柳庄藏和斋藤管家都不是他的本意。我之前就跟你说过，那家伙还没有达到他真正的目的，他真正要杀的是另外的人。"

"谁？是谁？"

"畑柳静子，还有阿茂。"

明智回答得斩钉截铁。

"什么？畑柳静子？"

中村警部刚才还在考虑怎么才能抓住畑柳静子，可现在，却来了一个一百八十度的大逆转，畑柳静子竟然成了凶手的目标。这究竟是怎么回事？

"这次的案子，凶手从一开始的目标就是畑柳静子，其他的犯罪都只不过是达成这个目标的手段而已。"

"请等一下。这有些说不通吧？如果只是要杀掉畑柳静子，何必费那么大的劲儿？一开始诱拐了阿茂，把她关在青山的空屋里的时候，不就可以轻而易举地杀掉她了吗？干吗还要兜这么大的圈子，让她背上杀害斋藤管家的罪名？"

"中村君，这正是本案的关键所在。"明智一脸严肃，"本案真正凶手的残忍无情远远超出了常人的想象。他像猫捉弄老鼠一样，不断折磨畑柳静子。拐走阿茂让她们母子分离；把她关在地牢里；栽赃嫁祸，让她误以为自己杀了人而惶惶不可终日……总之，他用尽各种手段，不但在肉体上，更在精神上摧残畑柳静子，让她尝尽各种痛苦之后才取她性命。"

"如果真像你说的那样，我们必须尽快把她救出来，一分钟也不能耽搁。她到底在哪里？到底是怎么在这么多人的眼皮子底下逃出去的？"

"当然是棺材啊。"

"棺材？"

"对，斋藤管家的棺材。除此之外，没有其他办法。在这么多人的眼皮子底下逃出去，只能藏在棺材里。"

"但那棺材无论如何也装不下三个人啊。"

"如果只是她们母子俩呢？"

"可这样的话，斋藤管家的尸体呢？"

"我现在就带你去看。"

明智说着起身，带着中村警部和奶妈一起往内厅走去。

内厅摆着明智之前让殡仪馆送来的三口棺材。这个房间平时没什么人来，此时更是显得诡异阴森。

"这两口棺材是空的，只有右边的里面装了尸体。"

明智说着把右边棺材的棺盖推开了一道缝。

"啊，果然是斋藤。"

奶妈只看了一眼，就立即确认了死者的身份。

"我明白了，这具尸体原本也在杂物间的地洞里吧？"

"是的，就在那两床棉被下面。但是如果把它留在那里，地洞里就太满了，刚才的戏就不好演了。所以，不得不把斋藤管家的尸体搬出来，安置在了这里。"

"原来如此。那么这两口棺材是为畑柳庄藏和小川正一准备的喽？"

"是的。今晚的戏就到此结束了。接下来就是真正的拘捕了。"

明智一副胸有成竹的样子。

中村警部也干劲十足：

"事不宜迟，我们这就出发吧！不然畑柳静子和阿茂就危险了，而且真凶随时都有可能逃跑。"

真 凶

"中村君，你忘了吗？我刚才已经向你保证过了，畑柳静子和阿茂绝对安全。"

"你已经知道真凶是谁了？"

"是的。能够唆使畑柳静子带着阿茂冒险出逃的，一定是她最信任的人，而这个人就是这次案件的真凶。现在看来，她最信任的就是她的情人，也就是三谷房夫。"

"什么？"

中村警部满脸的难以置信。

明智的推理虽然乍一听似乎十分离奇，但只要顺着他的思路细想，原本所有不合情理的矛盾都迎刃而解了。况且如果没有确凿的证据，明智是不会这样妄下断言的。

"那好，我这就把三谷抓起来！"

直到这时，中村警部才发现，之前一直跟他一起看明智的三幕戏的三谷不知什么时候已经不见了踪影。

"那家伙早就溜了。"

明智还是一副一切尽在掌握的样子。

"什么？逃走了？"

中村警部一下就急了。

"放心吧，他要去什么地方，我早就知道了。而且，我已经派了人一路上跟踪他，他逃不掉的。"

"跟踪？派谁去跟踪了？"

"当然是文代和小林了。"

"你刚才还说，你知道他去哪儿了？"

"嗯，应该是目黑的一个小厂。事实究竟如何，只要等文代和小林的电话就知道了。"

就在这时，电话铃像是配合明智的发言似的响了起来。

"喂，是先生吗？我是文代，那家伙果然去了那里，快来。他好像已经发现了我们。"

"好，我和中村警部马上出发。让小林继续监视，你按计划行事。"

挂上电话，明智转向中村警部：

"果然不出我的所料，他就在那个工厂。我们这就出发吧。"

"好，我这就请求支援。"

中村警部就像终于找到猎物的猎人一般，精神为之一振，马上用电话与警视厅和当地警署取得联系，请求火速派人支援。

三十分钟后，明智和中村警部在那家工厂大门外的路口下了车。一个黑影立即从黑暗中迎了过来，是小林。

"那家伙确实进去了？"

明智轻声问道。

"嗯，一直没出来。"

不一会儿，支援的大队警官赶到了。

中村警部详细描述了三谷的长相和身材，然后发布了命令：

"大家分头行动，守住工厂的所有出入口。"

待所有警官各就各位，明智和中村警部才迈步走进了工厂大门。

夜色中，视线所及都是破败不堪的景象，倾颓的门柱上亮着一盏如豆的小灯，依稀可以看到招牌上"西南制冰会社"几个字。

凶手怎么会跑到这种地方来？中村警部满腹狐疑，但当下又不好开口询问，只好默默地跟在明智身后。

厂区一片漆黑，只有一扇玻璃已经破碎的窗户里隐约透出一丝光亮。

两人轻手轻脚地摸到窗下，小心翼翼地探出头来向里窥视。

是他！三谷就在里面！他正靠在桌上似乎在思考什么。

中村警部精神一振，就要冲进去抓人，却不料脚下踢到了什么东西，发出了声响。

三谷十分警觉，顿时脸色大变，起身就要逃跑。

"站住！"

随着一声怒喝，中村警部已经从窗口翻了进去，不由分说，一把揪住了三谷的衣领。

"原来是你们啊，我还以为是谁呢。"

见已无路可逃，三谷反而镇定了下来。

"当然是我们，我们是来抓捕你归案的。"

中村警部把三谷摁回到原本坐着的椅子上，虎视眈眈地站在他面前。

"抓我？为什么？"

"还想装傻？你煞费苦心地栽赃给冈田道彦，企图让我们相信他伪造了自己的死亡，然后自毁面容，向你和畑柳静子发起疯狂的报复；还特意委托我来侦办此案，并跟我一起到处追查冈田道彦的线索。其实，你才是这一系列案件的真凶，杀害畑柳庄藏和斋藤管家的都是你！"

"呵，明智先生，您说我是杀人凶手？证据呢？"

"会让你看证据的。你不仅杀害了畑柳庄藏和斋藤管家，园田黑虹也是死在你手上的吧？还有冈田道彦的死，恐怕你也脱不了关系。"

"这完全就是诬陷！你说的这些我一点也不知道！"

"好，这就让你心服口服。中村警部，让他老实点，我这就取他的齿模。"

一听这话，三谷脸色大变，猛地挣扎起来。但中村警部铁钳般的大手已经牢牢地按住了他。明智一手捏住他的下颌，让他不得不张开嘴，另一只手敏捷地把早就准备好的取齿模的胶泥塞进了他的嘴里，然后一手猛托他的下巴，让他咬出了一份十分清晰的齿模。

"好了，这就是你要的证据。你当然知道，我们已经取下了凶手留在青山的空屋里的齿模，只要经过比对，就可以认定这两个齿模出自同一个人。我想，就不必再浪费时间了吧？"

三谷双唇紧闭，一言不发。

"三谷君，实话告诉你吧，刚才的戏是特意为你安排的，只是为了看看你的反应。当然，结果完全如我所料，你脸色大变，冷汗直流，甚至瑟瑟发抖呢。

"至于我为什么会怀疑你，完全是因为你实在是太过胆大妄为了。中村警部他们追捕没有嘴唇的家伙，一路追到了青山空屋外的小巷，然后目标就突然凭空消失了。当然不会有那种事，其实你就在那里，只是脱下伪装，扔进了围墙后的院子里，然后以你的本来面目，大摇大摆地走到了中村警部面前。

　　"类似的手法你不止一次地使用。你第一次来事务所的时候，所谓的门缝下塞进来的恐吓信，原本就是你自己放在那里的。门外当然不可能有什么人。

　　"还有，在冈田道彦的画室，玻璃是你趁我们的注意力都在雕塑身上时打碎的，那封恐吓信自然也是你随身带着，伺机扔在地上的。

　　"还有品川湾事件。文代在国技馆见到的家伙不是你，而是你的助手园田黑虹。原本你只是让他诱拐文代，但没想到后来出了意外，他竟然爬到圆顶上，乘着广告气球飞走了。他一旦被我们抓住，你的计划就败露了。于是，你驾驶快艇抢在警方之前赶到他身边，假装接应他，趁他不备把他杀掉，把那张面具戴到了他的脸上，然后引爆了快艇，自己则跳进海里，被中村警部救了上来。

"谷山三郎！怎么样？我说的没错吧？"

明智突然叫出了一个完全陌生的名字，三谷一下就愣住了。

"哈哈哈……你看，我连你的真实姓名都已经知道了。不过，你也不必慌张。请好好看看这个，这里有你少年时代的照片。"

明智说着，将一张笔记本里夹着的照片递到了三谷面前。

"喏，这是你们兄弟的合影，另一个人是你的哥哥谷山二郎。这是我从你们老家的照相馆找到的。"

"说……你……"

三谷满脸惊愕，根本说不出话来。

"是的，从畑柳静子那里听了她的故事。她为了嫁给畑柳庄藏，抛弃了原本的恋人，致使那个男人自杀了。那个男人不是别人，就是你的亲哥哥谷山二郎。谷山家的人都已经过世了，剩下的只有自

189

少年时代就作恶多端、早已离家出走的弟弟，也就是你，谷山三郎。"

化名三谷的谷山三郎一言不发地耷拉着脑袋。中村警部见他已经没有了反抗的意志，就松开了一直按着他的双手。中村警部的手刚一松开，谷山就从椅子上滑了下去，瘫软在了地上。

"这下你没法狡辩了吧？好了，说吧，你把畑柳静子母子俩藏到哪里去了？"

中村警部大声呵斥道。

"在这里，就在这工厂里。"

谷山三郎好像已经完全放弃了。

"走，带我们去！"

中村警部把他从地上提起来，推搡着往门外走去。谷山三郎万念俱灰，有气无力地向着走廊尽头的机房走去。

冰　柱

　　一进机房，谷山三郎就打开了灯，整个房间一览无余。几台大大小小的电机以及密密麻麻的管道尽收眼底，却不见一个人影。

　　"这里根本就没有人。畑柳静子和阿茂人呢？"

　　中村警部摆开架势，警惕地盯着谷山三郎。

　　"她们就在这里，一会儿就让你们见面。"谷山三郎的嘴角不易察觉地挑了挑，"不过在那之前，我得让你们知道我为什么要这么折磨那个女人。"

　　"这些都留着以后再说吧，先把人交出来！"

　　中村警部命令道。

"不，不听我说完，你们休想见到她们。"

谷山三郎近乎偏执地坚持着。

"好吧，那就长话短说吧。"

明智略一沉吟，答应了他的要求。

"我是谷山二郎的弟弟，叫谷山三郎。明智大侦探说得一点儿也不错。而且，我也确实如他所言，打小就干尽了坏事。但是，即便是这样的我，也有人疼爱有加。那个人就是我的哥哥，谷山二郎。我们兄弟感情非常好。

"我听说哥哥病倒了，就急忙赶回家探望。但他没有钱医治，也没有人在身边照顾，等我赶到的时候，已经奄奄一息了。

"是畑柳静子杀了他！她是那么残忍，哥哥好可怜啊！见我回来，他使出最后一丝力气，伸出枯骨般的双手，死死地抓住我的手，却一句话也说不出来，只是凄然地流着泪。后来，我终于从他嘴里断断续续地知道了那个无情无义的女人，为了当阔太太，抛弃了对她一往情深的哥哥，转而投入了比她大那么多岁的肮脏龌龊的糟老头子的怀抱。

192

"终于有一天，哥哥趁我不注意，偷偷服下了毒药。临死前，他大口地咳血，痛苦极了，到死都不能瞑目。我对哥哥所有的痛苦感同身受，却又无能为力。于是，我抱着哥哥的尸体发誓，一定要报仇，要让她尝尽世间所有的痛苦，然后凄惨地死去！

　　"从那以后，我所做的一切都是为了替哥哥报仇。我第一个要杀掉的就是畑柳庄藏，可据说他已经病死在牢里了。直到前几天，才从明智大侦探那里知道，原来他是诈死。不过老天有眼，他竟然就躲在书房的天花板上，最终还是死在了我的手上。

　　"我雇了一个精神不怎么正常的落魄文人园田黑虹做助手。还杀了冈田道彦，让他来背负杀人凶手的恶名，当然，一个已经死掉的家伙，警方无论如何也是抓不到的。在盐原温泉，我见到了那个没嘴唇的男人，我当时并不知道他就是畑柳庄藏，但为了扰乱警方的视线，我让人仿照他的样子做了一个面具。

"那之后的事情你们都知道了。那个女人惶惶不可终日，终于为她当年的残忍背叛付出了代价。哈哈哈……我终于替哥哥报了仇，哈哈哈……"

谷山三郎的笑声让人毛骨悚然。

"喂，畑柳静子和阿茂呢？快说！他们在哪里？"

中村警部催促道。

"哈哈哈……我不是已经说过了吗，她们就在这里。"谷山三郎的脸上泛起了不正常的潮红，"好吧，就让你们见见吧。"

说着，他拉开了正对房门的一扇门，好像是通往机房里间的。

"她们就在这里面？"

"是的，你们可以见面了。不过要把她们带走的话，未免太重了些。哈哈哈……"

中村警部已经来不及细想谷山三郎话里的含义，一个箭步就冲了进去。

一股刺骨的寒意扑面而来。

"灯，快开灯！"

中村警部大叫起来。

谷山三郎跟在后面，按下了门后的开关，房间里顿时亮了起来。

这里只有一个巨大的制冰槽。

"人呢？"

一种不祥的预感顿时笼罩了中村警部的心头。

"就在这里。"

谷山三郎说着，又按下了配电盘上的一个开关。于是，伴随着齿轮的巨大声响，一根巨大的锌柱从制冰槽中缓缓升起，完全离开制冰槽后，又横着吊在空中，放到了制冰槽外。

"咣当"一声，所有人的视线都被吸引了过去。

中村警部不由得倒吸了一口凉气，巨大的冰柱里，竟然是畑柳静子和阿茂！

"请看，这就是那个女人和她的儿子。"谷山三郎若无其事地走到冰柱前，满脸骄傲，"哈哈哈……怎么样？杀人也要有点想象力啊，你们看，这简直就是绝美的艺术。哈哈哈……你们以为我会逃走？我为什么要逃？一路上你们派人跟踪我，以为我没发现吗？我就是要把你们带到这里，跟我一起欣赏我的杰作。哈哈哈……"

"哈哈哈……"

突然，明智也笑了起来，笑得谷山三郎和中村警部都一头雾水。

"不错，不错，你果然很有想象力。不过，谷山君，我恐怕要让你失望了。我问你，在这冰柱的冻结过程中，你是一直守在这里吗？"

明智的问题有些莫名其妙，但谷山三郎闻言，脸上的笑容立即消失了。

"当时，你把锌柱放进制冰槽之后就离开了这个房间，因为外面传来了警笛声，你以为警察来了，对吗？"

明智说得好像这一切都是他亲眼看到的，谷山三郎无言以对。

"在你离开之后，这里可是又发生了一件很有意思的事呢。"

明智的话越来越离奇。

"你……你……这……难道……"

谷山三郎已经语无伦次了。

"哈哈哈……你好像明白了。好好看看吧，这里面是不是畑柳静子和阿茂。"

"不，不，不可能！我不相信！我不相信！"

谷山三郎已经近乎歇斯底里了。

"你好好看看，那都是人偶啊。你既然专门订做过面具，应该知道蜡质的人偶可以精细到什么程度吧？我早就看穿了你的阴谋，所以让小林吹响警笛，把你引出房间，然后以事先准备好的人偶替换了畑柳静子母子。"

不但谷山三郎，就连中村警部都惊得目瞪口呆。

"要是还不信的话，我就让你彻底死心吧。文代，带她们进来吧。"

话音刚落，门外走进来三个人，正是畑柳静子、阿茂，还有文代。

大　火

　　谷山三郎死死地盯着畑柳静子，两眼布满了血
丝，嘴唇抖个不停，却一句话都说不出来。尽管这
里像冰库一般寒冷，但还是可以看到他额上的汗珠
一颗颗滚落。

　　"你是什么时候……"

　　纵然是多年的老朋友，中村警部还是对明智神
乎其神的推理叹为观止。

　　"畑柳静子和阿茂的人偶你在事务所已经见过
了。我查明真凶就是化名三谷的谷山三郎，是他教
唆畑柳静子带着阿茂躲在斋藤管家的棺材里逃出畑

柳家的，于是就让小林和文代一路尾随，从殡仪馆跟踪到了这里。得知这里是制冰工厂后，我立即就明白了他的险恶用心。但是如果她们一到这里就被冻进冰柱的话，我也无可奈何，即便马上报警也来不及了。但是就像他刚才自己说的那样，他要折磨她们，让畑柳静子尝尽痛苦。这就给了我时间，做好了人偶。她们被救出后，一直在我的事务所休养。谷山三郎对此一直毫无察觉。"

就在明智向中村警部解说的时候，谷山三郎突然冲出制冰室，从外面把门锁上了。

"哈哈哈……明智大侦探，你们高兴得太早了。哈哈哈……"

门外的谷山三郎歇斯底里地狂笑不止。事发突然，被关在里面的五个人面面相觑，一时都没了办法。

"混蛋！这里已经被警方包围了，你休想逃跑！"中村警部怒喝道。

"即便如此，可是……"明智似乎略有不安，"我们得尽快从这里出去，那家伙恐怕还要垂死挣扎。"

"让我来！"

中村警部说完，后退几步，然后全力往门上撞去。这是废弃的工厂，门板早已朽坏不堪，只一下就被撞出了一道裂缝。但与此同时，一股浓烟涌了进来。

"不好，那家伙放火了！"

中村警部连忙又撞了几下，将房门撞开，和明智一起，护着畑柳静子母子和文代冲了出来。

走廊上已经是浓烟滚滚了，但除此之外，没有别的出路。

"快，快！冲过去！"

明智抱着阿茂一马当先。其他人跟在后面也冲了过去。

见他们冲了出来，等在外面的警官们立即围了过来。

"抓到三谷了吗？"

中村警部气喘吁吁地问道。

"没有，没人出来。这里已经被我们包围了。"

"好，不管是什么人，只要一出来就给我铐上！"

然而不可思议的是，直到破旧的厂房在大火中坍塌，仍不见有人从里面出来。消防车鸣着警笛飞驰而来，看热闹的人从四面八方蜂拥而至，把这里围了个水泄不通。直到火势被完全扑灭，还是没有发现谷山三郎的踪影。

　　第二天清理现场的时候，在一堆已经烧成灰烬的木头下面发现了一具尸体。

　　"果然不出所料，那家伙烧死在里面了。"

　　中村警部喃喃自语道。

　　"也许吧……"

　　明智一副欲言又止的样子。

　　谁能断言这具面目全非的尸体就是谷山三郎呢？

江户川乱步年谱

1894年　出生

本名平井太郎，10月21日出生于三重县名张市，为家中长子。父平井繁男，时任名贺郡官府书记员。母平井菊。

1897年　3岁

因父亲工作调动，举家搬迁至名古屋市。

1901年　7岁

4月，进入名古屋市白川寻常小学就读。

1903年　9岁

《大阪每日新闻》连载菊池幽芳的《秘密中的秘密》，母亲每晚都会念给他听，从此对侦探故事萌生了极大兴趣。

1905年　11岁

4月，进入市立第三高等小学。协助父亲采用胶版誊写版印刷和发行少年杂志。二年级时喜欢上了押川春浪的武侠冒险小说。

1907年　13岁

4月，升入爱知县立第五初级中学。读到黑岩泪香的《岩窟王》，印象特别深刻。

1908年　14岁

其父开设平井商店，主营进口机械的贸易销售，兼营外国保险代理和煤炭销售业务，并采购全套铅字，印刷和发行《中央少年》杂志。秋天，开始在学校附近租借宿舍，独立生活。

1910年　16岁

与要好同学坐船到中国的东北地区旅行。

1912年　18岁

3月，初中毕业。因喜欢出版事业，与同学到处奔走、筹备。6月，其父开设的平井商店破产倒闭。由于失去了学费来源，没有继续上高中。随父亲坐船到朝鲜马山，从事垦荒和测量工作。8月，只身赴东京勤工俭学，以优异成绩考入早稻田大学预备班，白天上学，晚上寄宿在东京都本乡汤岛天神町的云山印刷厂，逢休息日打工。12月，迁到春日町借宿，业余时间靠誊写挣钱。

1913年 19岁

春，与祖母在东京牛込喜久井町生活，重读黑岩泪香等著名作家写的侦探小说。曾计划印刷和发行《少年新闻报》。8月，预备班毕业，考入早稻田大学经济学专业学习。

1914年 20岁

春，与同学创办《白虹》杂志，利用业余时间阅读爱伦·坡、柯南·道尔等英国作家的短篇侦探小说。为了阅读侦探小说，辗转于各大图书馆，所做的笔记装订成册，称为《奇谈》。

1915年 21岁

其父回国供职于某保险公司，在牛込与全家一起生活。继续阅读外国侦探小说，并悉心研究"暗号通讯文书"的由来、规则和特点。

1916年 22岁

8月，毕业于早稻田大学经济学专业，入职大阪府贸易商加藤洋行。

1917年 23岁

5月，从加藤洋行辞职，在伊东温泉开始阅读谷崎润一郎的作品《金色之死》，执笔撰写电影评论文章。11月，入职三重县鸟羽造船厂电机部，参与内部杂志《日和》的编辑。

1918年 24岁

4月，其父再赴朝鲜工作。与鸟羽造船厂的同事组织"鸟羽故事会"，在各剧场、小学巡回。冬，在坂手村小学结识村上隆子。

1919年 25岁

辞职到东京。2月，与两个弟弟在东京本乡驹込町经营一家旧书店"三人书房"。7月，在书店二层编辑《东京PACK》杂志。11月，开设中华面馆。同年，与村上隆子成婚。

1920年 26岁

2月，入职东京市政府社会局。10月，关闭旧书店，入职大阪时事新报社，担任记者，经常与井上胜喜谈论侦探小说，开始撰写《两分铜币》。

1921年 27岁

3月，长子平井隆太郎诞生。4月，在东京担任日本工人俱乐部书记。

1922年 28岁

8月，辞职后回到大阪府外守口町的父亲家，与父亲一起生活。9月，《两分铜币》《一张收据》完稿，正式向某杂志社投稿，但未被采用。不久，改投《新青年》杂志，经审定采用。12月，入职大桥律师事务所。

1923年　29岁

4月，《两分铜币》在《新青年》刊载，小酒井不木博士长文推荐。7月，《一张收据》在《新青年》刊载，辞去大桥律师事务所工作，入职大阪每日新闻社广告部。

1924年　30岁

4月，关东大地震，全家迁回大阪。7月，在《新青年》发表《二废人》。10月，在《新青年》发表《双生儿》。11月底，离开大阪每日新闻社，成为职业作家。

1925年　31岁

1月，在《新青年》增刊发表《D坂杀人事件》，名侦探明智小五郎首次登场。到名古屋拜访小酒井不木。之后，到东京拜访森下雨村，结识《新青年》派作家。2月，在《新青年》发表《心理测试》。3月，在《新青年》发表《黑手》。4月，在《新青年》发表《红色房间》，与春日野绿、西田政治、横沟正史等作家发起创建"侦探兴趣协会"。5月，在《新青年》发表《幽灵》。7月，在《新青年》发表《白日梦》《戒指》。8月，在《新青年》增刊发表《天花板上的散步者》。9

月，在《新青年》发表《一人两角》，在《苦乐》发表《人间椅子》；其父逝世。10月，成立"新兴大众文艺作家协会"。

1926年　32岁

发表侦探小说《噩梦塔》（直译名《幽鬼之塔》）等多篇作品。12月，在《朝日新闻》上连载《畸心人》（直译名《侏儒法师》）。

1927年　33岁

3月，停笔，与妻平井隆子开设"宿舍租借有限公司"。不久，独自外出旅行，到日本海沿岸、千叶县沿岸等地；10月，到京都、名古屋等地；11月，与小酒井不木、国枝史郎、长谷川伸和土师清二等人创建大众文艺民间合作组织"耽绮社"。

1928年　34岁

3月，出售早稻田大学附近的宿舍。4月，买下东京户塚町源兵卫一七九号的房屋。同年，发表《丑角师》（直译名《地狱丑角师》）。

1929年　35岁

1月，在《新青年》发表《噩梦》。6月，发表处女随笔《恶魔王》（直译名《恐怖的魔王》）。8月，在《讲谈俱乐部》连载《蜘蛛男》。

1930年　36岁

5月，改造社出版《孤岛之鬼》。7月，在《讲谈俱乐部》连载《魔术师》。9月，在《国王》连载《黄金假面人》。10月，讲谈社出版《蜘蛛男》。

1931年　37岁

5月，平凡社出版《江户川乱步选集》13卷。同年，出版《迷重重》(直译名《钟塔的秘密》)、《暗黑星》和《邪与恶》(直译名《影男》)。

1932年　38岁

3月，停笔，带全家外出旅游，先后到过京都、奈良、近江等地。

1933年　39岁

1月，加入大槻宪二创建的"精神分析研究会"，每月出席例会，并为该会《精神分析杂志》撰稿。4月，长子平井隆太郎升入大阪府立第五初中学校。同年，好友山本直一辞去博物馆工作，担任江户川乱步的助手。12月，在《国王》连载《红蝎子》(直译名《红妖虫》)。

1934年　40岁

发表《恐吓信》(直译名《魔术师》)、《黑天使》和《不归路》(直译名《死亡十字路》)。

1935年　41岁

1月，平凡社陆续出版《江户川乱步杰作选》12卷。6月，春秋社出版《人形豹》。9月，编写《日本侦探小说杰作集》，由春秋社出版，并发表长篇评论文章。

1936年　42岁

1月，在《讲谈俱乐部》连载《绿衣人》；在《少年俱乐部》连载《怪盗二十面相》。5月，春秋社出版评论集《鬼的话》。12月，讲谈社出版《怪盗二十面相》。

1937年　43岁

1月，在《讲谈俱乐部》连载《噩梦塔》（直译名《幽鬼之塔》），在《少年俱乐部》连载《少年侦探团》。战争爆发后，政府当局对于出版物的审查越来越严格，江户川乱步的所有小说被禁止出版发行，不得不停止撰写侦探小说。为了生活，江户川乱步借用别名为少年儿童撰写探险小说。后来，当局只允许江户川乱步撰写防谍反特小说，在杂志和报纸决定连载前，必须经过外交部、内务部、警视厅和宪兵机构的联合审查，达成一致意见后方可使用江户川乱步的名字刊登。由于公开抗议，被勒令停止写作，结果只写了一部小说。

1938年　44岁

1月，在《少年俱乐部》连载《妖怪博士》。3月，讲坛社出版《少年侦探团》。4月，新潮社出版《噩梦塔》。9月，新潮社出版《江户川乱步选集》10卷。

1939年　45岁

1月，在《讲谈俱乐部》连载《暗黑星》，在《少年俱乐部》连载《蒙面人》。2月，讲谈社出版《妖怪博士》。

1940年　46岁

2月，讲谈社出版《蒙面人》。7月，因心脏不适住院治疗。10月，与同人创立"大政翼赞会"。

1941年　47岁

7月，非凡阁出版《噩梦塔》。12月，任东京池袋丸山町防空会长。

1942年　48岁

任东京池袋北町会副会长，以"小松龙之介"的笔名连载《聪明的太郎》。

1943年　49岁

与著名作家井上良夫书信往来，交流对欧美侦探小说的看法。8月，开始连载科幻小说《伟大的梦》。11月，东京大学文学部在读的长子平井隆太郎被征召入伍，为其举行送别会。

1944年　50岁

出任行政监察随员助手，后在町会领导下开设军需品加工厂生产皮革制品。

1945年　51岁

4月，家属被疏散到福岛，自己则只身留在东京池袋，继续担任町会副会长。6月，因病被疏散到福岛。8月，在病床上听到裕仁天皇宣布无条件投降，平井隆太郎从土浦飞行队退役。11月，举家迁回池袋。

1946年　52岁

6月，倡议成立"侦探小说星期六研讨会"，每月开一次例会。

1947年　53岁

6月，"侦探小说星期六研讨会"更名"侦探作家俱乐部"，被选举为第一届主席。11月，到关西等地演讲，普及和推广侦探小说。没有新作问世，但旧作再版达31部。

1949年　55岁

1月，在《少年》连载《青铜怪人》。6月，再度当选侦探作家俱乐部会长。11月，光文社出版《青铜怪人》。

1950年　56岁

1月，在《少年》连载《虎牙》。3月，在《报知新闻》连载《断崖》，为战后首部短篇侦探小说。12月，光文社出版《虎牙》。

1951年　57岁

1月，在《趣味俱乐部》连载《恐怖的三角馆》，在《少年》连载《透明怪人》。5月，岩谷书店出版评论集《幻影城》。12月，光文社出版《透明怪人》。

1952年　58岁

1月，在《少年》连载《怪盗四十面相》。3月，评论集《幻影城》荣获侦探作家俱乐部授予的"第五届优秀侦探小说勋章"。7月，辞去侦探作家俱乐部会长一职，任名誉会长。12月，光文社出版《怪盗四十面相》。

1953年　59岁

1月，在《少年》连载《宇宙怪人》。12月，光文社出版《宇宙怪人》。

1954年　60岁

1月，在《少年》连载《塔上魔术师》。10月，日本侦探作家俱乐部、东京作家俱乐部和捕物作家俱乐部联合主办"江户川乱步六十大寿庆典"，会上正式设立"江户川乱步奖"。《别册宝石》第四十二期杂志作为

"江户川乱步六十周岁纪念特刊",《侦探俱乐部》十二月号杂志也作为"乱步花甲纪念特刊"。著名作家中岛河太郎编纂和发行《江户川乱步花甲纪念文集》。11月，映阳堂出版《江户川乱步选集》10卷。12月，光文社出版《塔上魔术师》。

1955年　61岁

1月，在《趣味俱乐部》连载《影男》，在《少年》连载《海底魔术师》，在《少年俱乐部》连载《灰色巨人》。5月，举行首届"江户川乱步奖"颁奖仪式。11月，在三重县名张市举行"江户川乱步诞生地"树碑庆贺仪式。12月，光文社出版《海底魔术师》《灰色巨人》。

1956年　62岁

1月，在《少年》上连载《魔法博士》，在《少年俱乐部》上连载《黄金豹》。1月24日，"日本翻译家研究会"成立，出任研究会顾问。2月，出任"日本文艺家协会语言表述问题专业委员会"委员。4月，发表《英文翻译侦探小说短篇集》。8月，接任《宝石》杂志主编。11月，光文社出版《马戏团里的怪人》《魔法玩偶》。

1957年　63岁

1月，在《少年》连载《夜光人》，在《少年俱乐部》连载《奇面城的秘密》，在《少女俱乐部》连载《塔上魔术师》。12月，光文社出版《夜光人》《奇面城的秘密》《塔上魔术师》。

1959年 65岁

1月，在《少年》连载《假面具背后的恐怖王》。11月，桃源社出版《欺诈师与空气男》，光文社出版《假面具背后的恐怖王》。

1960年 66岁

1月，在《少年》连载《带电人M》。4月，出任东都书房《日本侦探推理小说大集成》编辑委员。

1961年 67岁

4月，成为文艺家协会名誉会员。7月，出席"江户川乱步从事侦探小说创作四十周年庆典"，桃源社出版《侦探小说四十年》。10月，桃源社出版《江户川乱步全集》18卷。11月3日，荣获日本政府颁发的"紫绶褒勋章"。

1963年 69岁

1月，"日本侦探作家俱乐部"升格为社团法人"日本推理作家协会"，被一致推选为第一届理事长。8月，再次当选，坚辞不受，亲自提名松本清张接任第二届理事长。

1965年 71岁

7月28日，突发脑出血逝世，戒名智胜院幻城乱步居士。获赠正五位勋三等瑞宝章。8月1日，在青山葬仪所举行日本推理作家协会葬，墓所位于多摩灵园。

译后记

我 1981 年 8 月考入宝钢翻译科从事翻译工作，1982 年初开始从事日本文学翻译，1983 年 2 月首次发表日本文学译作。四十余年来，我一直致力于中日民间文化交流，尤其是翻译了日本推理文学鼻祖江户川乱步的作品全集，由衷地感到欣慰和满足。

《江户川乱步全集》共 46 册，数百万言，历经数个寒暑才翻译完成。回首往事，第一天坐在桌案前写下第一行译文的情景仍历历在目。为了解江户川乱步的创作思想、创作背景和准确把握作品的神韵，除反复阅读其所有小说作品外，我还遍览《侦探推理文学四十年》《乱步公开的隐私》《幻影城主》《奇特的立意》和《海外侦探推理文学作家和作品》等乱步的随笔和评论集。并专程去了坐落在东京丰岛区池袋的江户川乱步故居考察，到日本国家图书馆查阅了有关江户川乱步的许多资料。

为了让更多的人了解江户川乱步，我在《新民晚报》先后发表了《江户川乱步，日本侦探推理文学的先驱》《日本的福尔摩斯》《江户川乱步的起步》《徜徉少年大侦探系列》《徜徉青年大侦探系列》，接受了腾讯视频、东方电视台、《上海翻译家报》、沪江网、日语界以及日本青森电视台、《东粤日报》、《朝日新闻》、《产经新闻》、《中日新闻》的相关采访。

鲁迅说："伟大的成绩和辛勤劳动是成正比的，有一分劳动就有一分收获。日积月累，从少到多，奇迹就可以创造出来。"我历经数年辛劳翻译的这版《江户川乱步全集》，2004年4月被乱步故里日本名张市政府收藏，2020年10月又被日本驻上海总领事馆收藏，并荣获国际亚太地区出版联合会

APPA翻译金奖，其中的"少年侦探团系列"荣获国家新闻出版总署优秀少儿图书三等奖。

江户川乱步可以说是日本推理文学的代名词，江户川乱步奖是推动日本推理文学作家辈出的巨大动力，《江户川乱步全集》是世界侦探推理文学的瑰宝。希望通过这套《江户川乱步全集》，可以让更多的读者共同享受推理文学的乐趣。

2021年元旦于上海虹桥东华美寓所